万葉集を歩く

▲ひた潟

▲葛城王碑

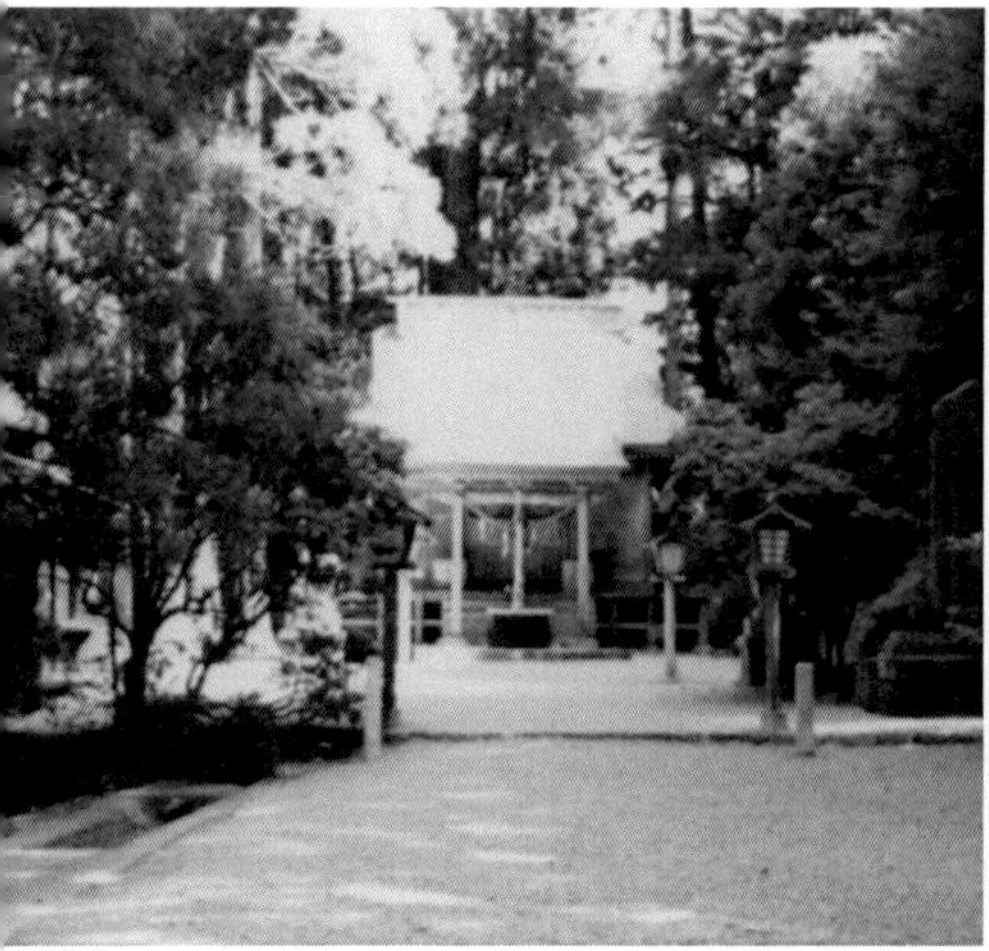
▲黄金山神社

▲二つ沼

▲愛宕山古墳碑

▲赤見山

▲真間山弘法寺

▲男体山頂

▲大国魂神社

▶うけらが花

▲地蔵堂

▲足柄峠

▲高千穂の峰と大鳥居

▼足柄神社

▲遣唐使漂着の地碑

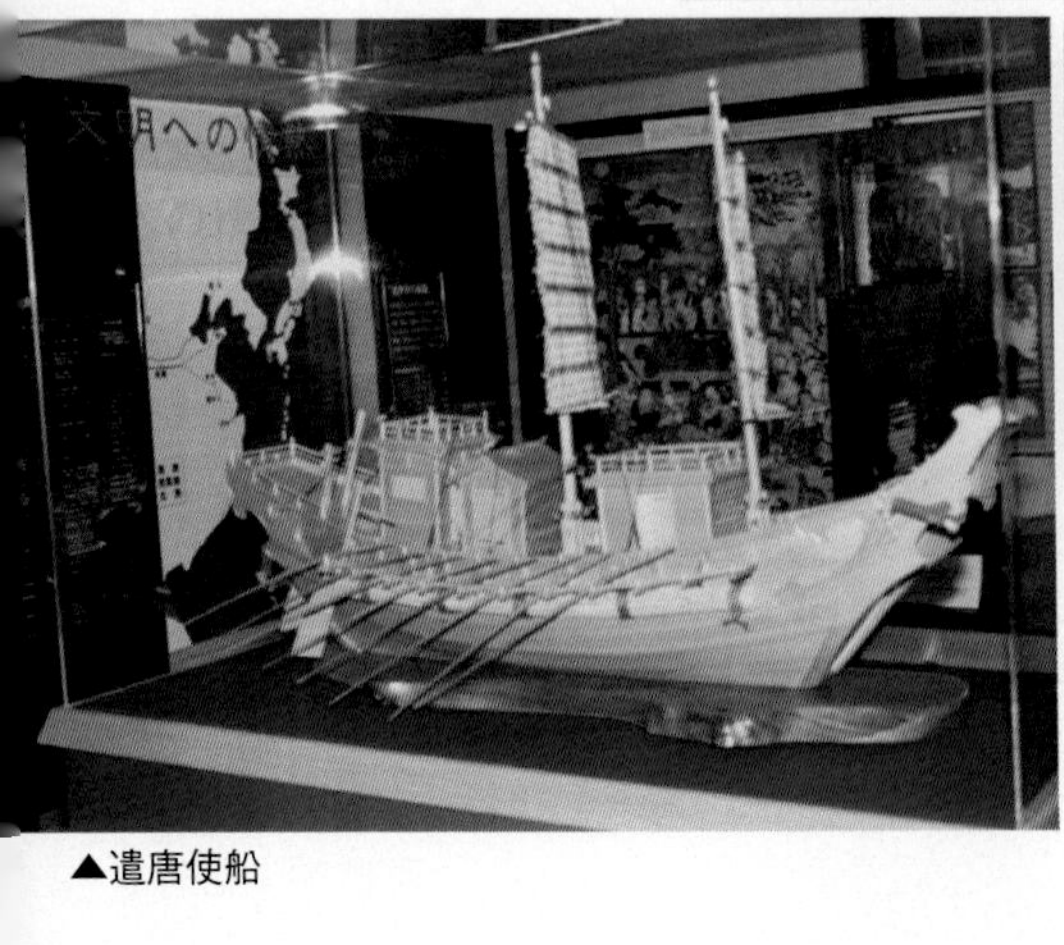

▲遣唐使船

▲『遣唐使船寄港地』碑

▲わが子羽ぐくめ歌碑

▼聖武天皇関宮址碑

▼山の辺の御井

▲斉王宮跡

▼鳴呼見の浦

▼神集島を望む

▲雪連宅満の墓

▲烽火台

浅茅山▼

▼西漕手史跡

▶小船越

はじめに

ライフワークとなった『万葉集を歩く』

歌友の紹介で一九七八年地元の短歌結社「きびたき」に、一九八一年にその中央結社である「歌と観照」に入会した。一九八二年には高松秀明主宰の短歌結社「木立」に入会したが、「木立」の作品は当分の間、高松氏の個人歌誌『獅子座』に掲載されていった。

「木立」では一九八六年十月「私の身近な万葉集」のタイトルで各会員が投稿する企画が立てられた。

この企画は、一九六九年結婚、来福した私にとって未知の福島県を辿る第一歩となった。

一方、結婚当初入院し、「一生入院かも…」といわれ、食事療法、運動療法を課せられた夫にとっても一石二鳥の充実した日帰りハイキングとなり、回を重ねるにつれ「旅」となっていった。

当初は短い文章であったが、一九八七年から、調べては歩き、歩いては『木立』に投稿し、一九八八年からは福島県、宮城県など東北地方に始まり、栃木県、茨城県、千葉県へと展開していった。

一九九二年から「木立」は「獅子座」から独立、いきさつはわからないが以前からあった「木立」を引き継ぎ、『木立』五十二号として「私の身近な万葉集」もこちらに掲載されていった。

『木立』五十二号の独立を機に、私たち夫婦の旅も若いうちに遠方から…と、一九九二年〜一九九四年まで九州に足を延ばしたが、夫が体調を崩し一九九四年〜一九九五年まで三重県を歩くこととした。

私の投稿が三十篇となった一九九五年、『木立』の「私の身近な万葉集」は打ち止めとなった。

この頃になると私たちにとっても「私の身近な万葉集」ではなくなり、「万葉集を歩く」旅は、私たちのライフワークとなっており、掲載云々とは関係なく、引き続き調べては歩き、歩いては調べなおして書く…を積み重ねていった。

こんな時、福島県の歴史春秋出版㈱は二〇〇〇年を機に「子孫に残すふくしまの文化遺産」として歴春ふくしま文庫一〇〇冊を企画した。

『木立』掲載の「私の身近な万葉集」を読んだ人の紹介で、一〇〇冊シリーズの一冊である、福島県内の「おくのほそ道」を歩いてみないかという話が持ち込まれた。

「おくのほそ道」の実質的スタート地点は福島県の白河関でもあるので、二〇〇〇年から福島県内の「おくのほそ道」を夫と歩き始め、二〇〇三年に、歴春ふくしま文庫㊾『おくのほそ道を歩く』を発行した。この本は福島県内の本屋さんが厳選する福島民報の読書企画「やっぱ、この本だね」の第十一回テーマ「旅が面白くなる本」のベスト八に選ばれた。

ところでこの後、芭蕉はどのように歩き、何を得たのだろうか…と興味を持ち、「おくのほそ道」を歩き続けることにした。

その後二〇〇九年『おくのほそ道を歩く〈宮城・岩手〉』を発行し、新潟県、富山県、石川県、福井県を歩き続けた。

この頃未発表の「万葉集を歩く」を『歌と観照』に載せてはという話がもちあがり、二〇一一年一月号から掲載されたが、三月十一日東日本大震災と福島原子力発電所事故が発生した。

十五年ほど生活協同組合の商品担当理事をしており、チェルノブイリ原発事故も学習していたので、娘のいる山形で避難生活をおくった。

この生活に張りを持たせてくれたのが調べては歩き、書くという「おくのほそ道を歩く」であったから『歌と観照』掲載の「万葉集を歩く」は二〇一一年十二月で休止した。

この時点で滋賀県、岐阜県を歩き始めており、二〇一二年十一月福島に戻り、二〇一三年十月『山形・秋田』を発行、二〇一五年十月『新潟・富山』を発行、この二〇一五年九月末で「おくのほそ道を歩く」旅は終了した。

二〇一九年十月『石川・福井』を発行したが、二〇二〇年一月ごろから新型コロナウイルスが日本でも流行し始めた。

この頃、新潟の先輩から『歌と観照』に短歌を交えた文章を書かないかと勧められた。この時点で「万葉集を歩く」の未発表作が七篇ほどあり追加もあって、編集長との話し合いで「私の万葉散策」として二〇二一年四月号から二〇二二年二月号までの七篇と二〇二二年三月号から二〇二三年三月号までの九篇を掲載することとなった。

二〇二二年二月、『おくのほそ道を歩く』の完結編『滋賀・岐阜、付記』を発行した。

この時点で夫は九十一歳、私も八十歳間近であったから、各誌に掲載されてきた「万葉集を歩く」を、地図や旅をした時点で撮りためておいた写真などをも加味して一冊にまとめることが新たなテーマとなってきた。

万葉集ゆかりの所在や交通機関などについては、できるだけ記したが、平成の大合併や時代の移り変わりなどもあり、お出かけの際は確認をお願いしたい。

近くに居住している人もそうでない人も、万葉の人々の心に触れてみることで、私たち日本人の心の原点について考えてみるきっかけとなれば幸いである。

注・引用文は『萬葉集一』（日本古典文学大系4）『萬葉集二』（日本古典文学大系5）『萬葉集三』（日本古典文学大系6）『萬葉集四』（日本古典文学大系7）を使用し、「巻第十六　三八〇七」のように記した。
・碑文を原則尊重したが、不明の際は右によった。
・本文中の《　》は私注または私的ルビである。時刻、距離については概略の表示とした。
・写真　田口守造

目次

第十三部　長崎県対馬市厳原《いづはら》町・対馬市美津島町

第一部　福島県郡山市・南相馬市・いわき市平・いわき市久之浜町・双葉郡広野町

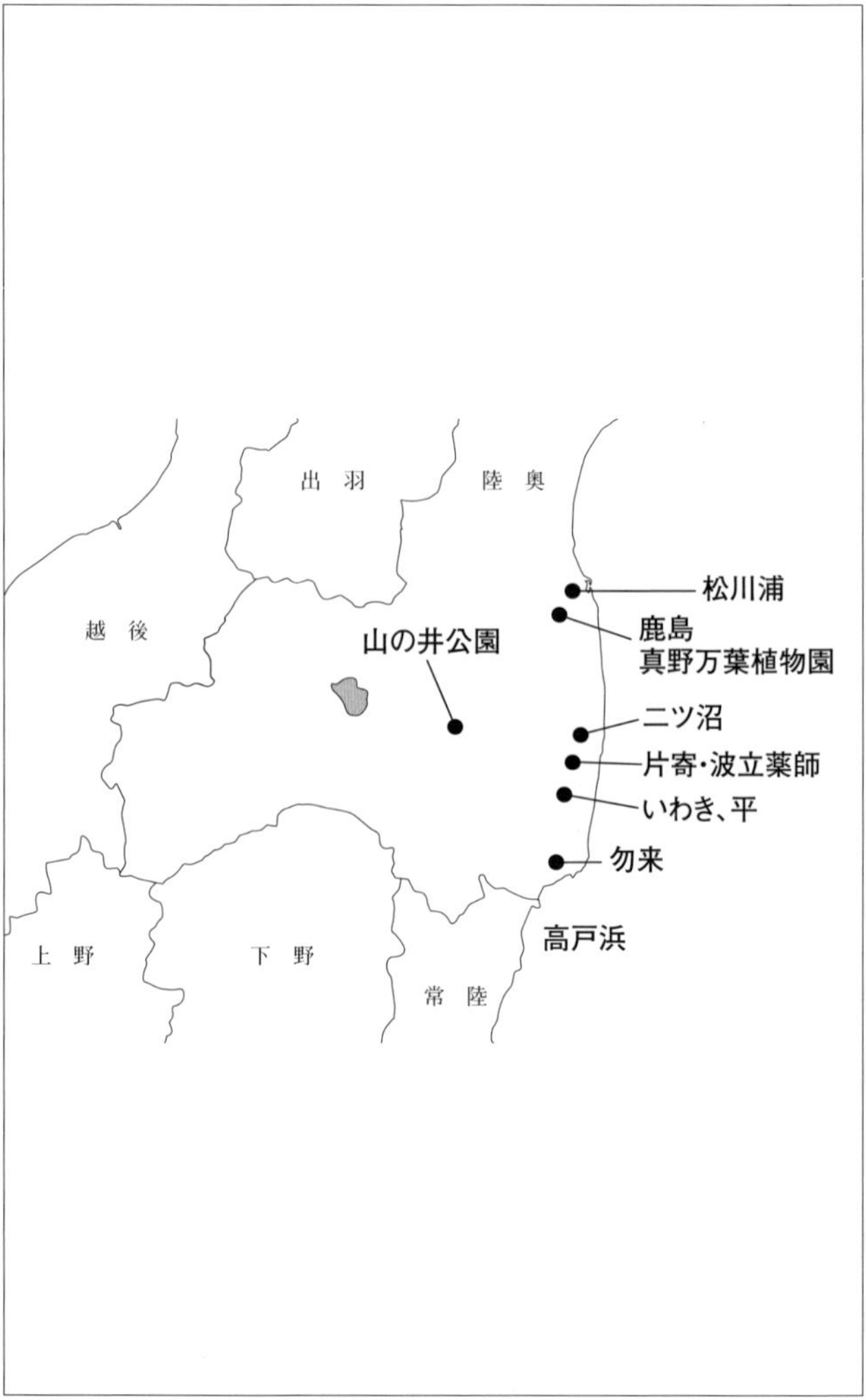
出羽
陸奥
越後
山の井公園
松川浦
鹿島
真野万葉植物園
二ツ沼
片寄・波立薬師
いわき、平
勿来
高戸浜
上野
下野
常陸

安積山《あさかやま》影さへ見ゆる…

安積山《あさかやま》

（東北本線日和田駅下車↓安積山公園。福島県郡山市日和田町安積山四四。東北本線郡山駅、バス↓王宮下車。王宮伊豆神社。郡山市片平町字大宮二〇↓徒歩一〇分、〇・五キロ。山ノ井公園。郡山市片平町字山ノ井一一の一）

東北本線日和田駅下車。駅前通りを左へ入ると奥州街道。日和田の松並木として知られる風格ある赤松が三本四本と道端に目立ち始める。しばらく歩むと右手に赤松が群れ立ち、小高い山の緑が目に付く。

安積香《あさか》山影さへ見ゆる山の井の浅き心をわが思はなくに

巻第十六　三八〇七

の安積山である。

入口に「安積山公園」の碑が立つ。

三〇〇㍍《メートル》ほどの丘である。二〇㍍《メートル》はあろうか、美しい赤い樹肌を見せる老松や桜木、下生えは、赤やピンクの莟をふくらませているサツキやコナラでおおわれていた。

日和田の人々の花見の宴も終わり、はにかむように紅を帯びた葉桜の季節を迎え、森閑とした山の、芝生の広場をぬけて行った。

岩がごろごろした小高い頂には、老松が四、五本、低く太い枝を垂れている合い間に、「御即位記念安積山公園」の細長い碑が立つ。

「大正四年、天皇即位を記念し、村の有志が相謀り公園を作った。昔、采女が安積山と詠んだのはここ、山麓に山の井があって清水が滔々と涌き出で、涸れることがない…」と由来が語られている。

碑の傍らに立ち、西方を眺めると一〇〇九メートルの額取山《ひたいとりやま》を望むことができる。この山が安積山との説もある。

安積山には二説あって、幕府により街道整備が進むにつれ、日和田の安積山のほうが有名になったようで、『おくのほそ道』によれば芭蕉も「桧皮《ひわだ》の宿を離れてあさか山有。路より近し。此あたり沼多し」と日和田の安積山を訪れている。

新緑の合間から安積盆地を望みながら山を下ると、一メートル余の万葉の歌碑が立っている。

安積山

朱い蕾をつけたサツキの木々に囲まれ背後の山桜も満開、松風のざわめきの中に、そこだけがほのかに暖かく、すでに枯渇《こかつ》してしまった山の井の方向に向かって碑は立っていた。

山の井があったと思われる山の北側から一望してみると、安積山は松の緑と葉桜、コナラのほのかな紅、木々の芽吹きに優しく息づいている。

かつての山の井に影を映した姿はさぞかし…と偲びつつ帰路についた。

後日、片平町にある同じ歌のもう一つの碑を訪ねてみた。

郡山からバスで三十分、片平町の王宮で下車。目の前に急傾斜の石段がある。樹齢三百年を越すといわれる杉木立、王宮伊豆神社の参道である。

上りつめると本殿。鎌倉時代この地を領した伊東裕時が、ふるさとの伊豆・箱根・三島の三社を合祀し、この三神と葛城王・安積采女を祭神とする片平の総鎮守として崇められてきたと碑にある。

境内の亀の背に乗る石碑は、年貢を免除してくれた葛城王の徳をたたえて里人が寛政五年（一七九三）に建立したもの。葛城王の墓は本殿の裏手にあった。

ここから歩いて十分ほどの山ノ井公園には、古木のどうだんつつじや柳、そして夏草に囲まれて小さな山の井がひっそりとあった。

この井に向かい合って万葉歌碑が立つ。歌は前掲のものと同じだが、傍らに古い副碑があった。

安積香山影さへ見ゆる山の井の浅くは人を思ふものかな

と、下の句の古今風な形を残している。歌中の山の井は、前述の日和田のほうではなく、ここの井だというが、いずれも確証はない。

ところで万葉集のこの歌については、次のような添え書きがある。

葛城王《かづらきのおほきみ》陸奥国《みちのく》に遣さえし時に、国司の祇承の緩怠なること異《こと》に甚《はなは》し。時に、王の意《こころ》に悦《よろこ》びず、怒《いかり》の色面に顕《あらは》る。…ここに前《さき》の采女《うねめ》あり、風流の娘子なり。左の手に觴《さかづき》を捧《ささ》げ…王の膝を撃ちて、この歌を詠みき。すなはち王の意解け悦びて、楽飲すること終日《ひねもす》なりきといへり。　巻第十六　三八〇七

この近在にはこの注に類する伝説が語り継がれているという。

葛城王とは美努王《みぬ》と橘三千代《たちばなのみちよ》の子。後に母が藤原不比等《ふひと》に嫁し生んだ光明子が、聖武天皇の皇后となったので、天平八年（七三六）葛城王は橘宿祢《すくね》の姓を与えられ橘諸兄《たちばなのもろえ》をなのり、聖武朝の実力者となり左大臣にまでなった。

大伴家持は若いころから橘諸兄の知遇をえており、万葉集巻第十六は大伴家持が編纂したといわれていることなどから、諸兄ゆかりのこの歌が『万葉集』にとられることになったのであろう。

一方、采女とは大和朝廷時代、舎人《とねり》と共に、国造《くにのみやっこ》などの地方豪族の子女が服属の証として朝廷に送られ仕えていた。

奈良時代になると郡司の子弟のうち強くて弓馬に巧みな者を兵衛《ひょうえ》（軍法令《ぐんぽうりょう》）、郡司の姉妹か娘のうち顔かたちの良いものを采女（後宮職員令《こうきゅうしきいんりょう》）に選定し中央におくることになっていた。

采女は宮内省所管の役所である采女司《うねめのつかさ》に管理され、任期は終身であった。

しかし、陸奥国の場合蝦夷との関係が悪化したため、大宝二年（七〇二）新規に采女を貢上する必要はないと定められ、また養老六年（七二二）には陸奥按察《あぜち》使管内出身の兵衛、采女などを、出身地へ帰すよう命令が出されている。

作者の采女が大宝二年以前に都にのぼり、養老六年の命令で帰郷したのであれば、歌が詠まれたのは養老六年以後である。

いっぽう歌が詠まれた場所であるが、葛城王は都から特別の任務でやってきたのだから国府における饗宴の場であったとしてもおかしくはない。当時の国府はどこであったろうか。もし石城・石背・陸奥の三国が対立していた養老二年（七一八）以後で神亀元年（七二四）以前なら石背国の国府ということになり、古くから岩瀬郡の中心であった郡山市の清水台遺跡周辺の可能性が高く、安積郡の郡司の一族である彼女が饗宴の場にいてもおかしくはないという。

歌が詠まれたのが養老六年以後、神亀元年三月以前と考えれば葛城王が何らかの任務で東北に派遣された可能性は考えられるという。

この安積山の歌が詠まれたのは葛城王が橘氏を賜って橘諸兄となる天平八年以前であり、また、「前の采女・・」とされているので都で采女として仕えていたが故郷にかえっていた人で、「安積山」と縁のある、安積郡の郡司一族であったろうか。

公園の頂きには采女神社があるが、あいにくの曇り空で、土地の人が安積山と呼ぶ額取山は見えなかった。

芭蕉が『おくのほそ道』で「いずれの草を花かつみとはいふぞ」と尋ね歩いた「花かつみ」は今は郡山市花となっていて、公園内の井や歌碑の周りに植えられているが、シャガに似たその花の季節はすでに終わっていた。

真野《まの》の草原《かやはら》

（東北本線福島駅。福島県福島市栄町→国鉄バス原ノ町駅前下車。福島県南相馬市原町区旭町二丁目→常磐線鹿島駅下車。福島県南相馬市鹿島区鹿島字御前《ごぜん》ノ内《うち》→榿原《じさばら》行バス桜平山《さくらだやま》下で下車→桜平山公園。福島県南相馬市鹿島区寺内字向田《むかいだ》。公園内　万葉歌碑→真野万葉植物園。福島県南相馬市鹿島区江垂→鹿島駅→常磐線相馬駅着。福島県

相馬市中村字曲田《まがた》。タクシー↓岩子《いわのこ》厚生年金相馬松川浦荘内万葉歌碑↓相馬駅）

陸奥《みちのく》の真野《まの》の草原《かやはら》遠けども面影《おもかげ》にして見ゆといふものを　巻第三　三九六

笠郎女《かさのいらつめ》の大伴家持に対する一連の相聞歌《そうもんか》のうちの一首。

福島駅前から原町行バスに乗る。阿武隈山地の山また山を越え、飯館村と原町市（現南相馬市）の境が丁度阿武隈山地の分水嶺に当たるのだろうか。バスはひたすらに海へ向かって転げ落ちるように降りてゆく。

原町駅前下車。常磐線で隣駅の鹿島に着く。鹿島駅から歩いて十分ほどで小高い桜平山公園に至る。

山の東側の傾斜地は桜樹林で、桜樹の中に遠く鹿島町を望み見て万葉歌碑が立つ。碑は相聞歌にふさわしく大ぶりのちょっと風流な変形石で、そこに伸びやかな丸い字で歌が刻みこまれていた。

碑に並んで立ってみる。今、収穫前の黄金色に色づいた稲田の中に点在する家々に代わって、かつての一面の萱原を想う時、都人にとっては驚嘆に値するほどの寂寞たる風景であったに違いない。都に帰っても、「真野の草原」といえば一瞬に想起せざるを得ない寂しさだ。

あんな陸奥の真野の萱原だってふっと思い出に出てくるというのに、近くにいる貴方は面影も見えず、もちろんお会いできないなんて…とすねた当てつけがほほえましい。

笠郎女は紀郎女《きのいらつめ》と並んで家持に相聞歌を送った女性だが、すべてで二十九首、そのうち二十四首が一か所（五八七～六一〇）に集められている。これらは家持が記録しておいたから残った歌であった。

前出の一首は優しい心を見せているが、総じて彼女の歌は理知的で自意識が強かった。おそらく家持は、閉口して逃げ回ったのではないだろうか。有名な次の歌など奇抜な表現で人を驚かすものがある。

相思《あひおも》はぬ人を思ふは大寺の餓鬼《がき》の後《しりへ》に額《ぬか》づくがごと　　巻第四　六〇八

運動場をはさんで、この山の西側に真野万葉植物園がある。万葉集中の百五十種の植物が植えこまれており、一つ一つに歌札が立っていて楽しいが、下草類は保存管理がむずかしいという。

帰途、真野川の川中や川辺に鬱蒼と萱がしげっているのが印象深かった。ところで、万葉集に「福島県相馬市の松川浦か、未詳」といわれている歌がある。


松が浦に騒《さわ》ゑ群立《うらだ》ち眞人言《まひとごと》思ほすなもろわが思《も》ほのすも

巻第十四　三五五二

今回自分の目で松川浦を見て確かめてみたいと思い、常磐線で隣の相馬駅下車。岩子厚生年金相馬松川浦荘内にこの万葉歌碑があるらしいとも聞いているので、訪ねてみた。

松が浦は仙覚抄に「マツハ　人ヲマツ也。ウラトハ　シタ也。」とあり、〈松の末〉

真野万葉植物園

の意ともいわれているそうである。

松が浦で波が騒だつように、人の噂を騒がしいと思われるでしょうね、私が思うと同じように

この歌碑、駐車場内にあるので驚いた。

松川浦は実にさざ波程度。「騒ゑ群立ち」には程遠い。やはりここではないのかなと思ったが、外洋が入り込まないように工事したからで、昔は高波が寄せていたようだとの運転手さんの説明に一安心。

地元の歌人や東北大の扇畑教授らの論証で、この地に昭和四十九年（一九七四）に建碑したという。

しばし尾浜の波打ち際で遊び、ドドーンと打ち寄せる外洋の波の荒さに見ほれた。

ところでこの施設は二〇一一年の東日本大震災でなくなったという。この歌碑の行方についてもわからないとは教育委員会の話であった。

片寄《かたよせ》

（東北本線郡山駅→磐越東線いわき駅下車。いわき市平田町一→常磐線草野駅。福島県いわき市平《たいら》泉崎《いずみざき》字向原《むかいはら》一）

郡山駅から磐越東線に乗る。列車は次第に登り気味になり、川前《かわまえ》駅あたりから小川《おがわ》郷《ごう》駅までは、車窓の右に左にと夏井川渓谷が紅葉しはじめた美しさを見せ、心を奪われる。

いわき駅から常磐線に乗ると、いわき駅・草野駅間に平上《たいらかみ》片寄、平下《たいらしも》片寄など「片寄」という地区がある。

筑紫《つくし》なるにほふ児ゆゑに陸奥《みちのく》の可刀利《かとり》少女《をとめ》の結《ゆ》ひし紐解く

巻第十四　三四二七

この「陸奥の可刀利」には諸説があるようで、下総《しもふさ》の香取かとの説もあるようだが、この歌は次の二つの歌にはさまれている。

会津嶺《あひづね》（磐梯山の古名）の國をさ遠《どほ》み逢はなはば偲《しの》ひにせもと紐結ばさね
巻第十四　三四二六

安達太良《あだたら》の嶺《ね》に臥《ふ》す鹿猪《しし》のありつつも吾《あれ》は到らむ寝處《ねど》な去《さ》りそね
巻第十四　三四二八

右の三首は、陸奥国《みちのく》の歌。

磐梯と安達太良の間にはさまれているので、福島県いわき市の「片寄」とする説があり、福島県地方出身の兵士である青年の心がわりを詠んだものという。
車窓から眺める片寄地方は、遠く阿武隈山系を背にして、刈り取られた稲が一面に秋陽に干されているのどかな風情である。
福島県民の歌としてはいただけぬというのが大勢であろうが、心の痛みをそのまま歌い上げた作者と、この歌を万葉集に載せた撰者の「大らかさ」にむしろ心惹かれるものがある。

ひた潟《かた》

（東北本線郡山駅→磐越東線いわき駅下車→常磐線四ツ倉駅下車→バス、〇、四キロ→波《はっ》立《たち》薬師で下車。波立寺《はりゅうじ》。福島県いわき市久之浜町田之網横内《たのあみよこうち》八九）

四ツ倉駅で下車。バスで波立薬師下車。その名のとおり太平洋に面した寺で、境内に次の歌碑が立つ。

比多潟《ひたがた》の磯の若布《わかめ》の立ち乱《みだ》え吾《わ》をか待つなも昨夜《きそ》も今夜《こよひ》も
巻第十四　三五六三

比多潟の磯の若布の立ち乱れるように、乱れて私を待っているだろうか、昨夜も今

波立寺

宵も、という。
ひた潟がどこかは不明であるが、近くの久之浜との説もある。
波立薬師と呼ばれる波立寺は大同元年（八〇六）海上鎮護を念じ、徳一大師が天竺《てんじく》渡来の阿弥陀如来を安置し創建したという。
この薬師の向かい側に弁天岩と名付けられた岩礁が海中に聳《そび》え立っており、橋伝いに渡ることができるが、寄せてはかえす波の間に見え隠れする、岩礁にこびりついた海藻の濡れ光る緑が印象深かった。

二つ沼

（東北本線郡山駅↓磐越東線いわき駅下車↓常磐線Ｊヴィレッジ駅下車↓一・二キロ。二ツ沼総合公園。福島県双葉郡《ふたばぐん》広野町下北迫大谷地原《しもきたはくおおやち》六五の三）

常磐線Ｊヴィレッジ駅で下車。国道六号線を南へ向かって行くと二ツ沼総合公園である。左右に沼があり、右側の沼辺に歌碑が立つ。

沼二つ通《かよ》は鳥が巣吾《あ》が心二行《ふたゆ》くなもと勿《な》よ思《も》はりそね　　巻第十四　三五二六

沼二つを行き来する鳥の巣が二つあるように、私が二人の女を思っているなどとどうか決して思わないでおくれ、という。「二行く」は並行するの意で、「思はり」は「思へり」の方言である。

歌碑の立つ沼の方が小さく、歌碑近くに戊辰《ぼしん》戦役「二ツ沼古戦場」の碑が立っていたり、沼辺への降り口に喫茶レークという店があったりして、この沼に鳥影は見えなかった。

六号線をはさんだもう一つの大きい沼のあたりまで降りてみる。鴨が二羽ずつ番《つが》いとなって潜っては餌をとり、また水上を二羽で滑るように渡っている様子に思わずホッとした。

ところで、万葉集で陸奥関係の歌を調べてみると、みちのく（三九六・一三二九・三四三七・四〇九四〈長歌〉）、みちのくやま（四〇九七）、あひづね（三四二六）、あだたら（三四二八）、あさか山（三八〇七）、松が浦（三五五二）、ひたかた（三五六三）などがある。

そして、現在の福島県が万葉歌の北限であることがわかった。

二つ沼

涌谷小田の歌も陸奥で詠んだものではない。つまり、万葉北限には会津嶺（磐梯山）がどっしりと座っていて、北進をさまたげている。

なぜ万葉集は会津嶺で行き止まりなのだろうか。疑問は限りなく広がってくる。何人かの方がこの疑問を解明しようと研究を発表していると聞く。

ある人は都の文化（つまり歌）に対抗する文化がなかったという。本当だろうか。歌の土壌はすでに陸奥でも肥沃であったはず。そう思うと、やはり万葉集には大きな疑問が隠されているようだ。

第二部　宮城県遠田《とおた》郡涌谷町《わくやちょう》

陸 奥
出 羽
越 後
黄金山神社

天皇《すめろぎ》の御代栄えむと

黄金《くがね》花咲く

（東北本線小牛田駅↓石巻線涌谷駅下車↓黄金山産金遺跡。黄金山神社。宮城県遠田《とおた》郡涌谷町《ちょう》涌谷黄金《こがね》宮前↓石巻線涌谷駅↓小牛田駅下車↓東北本線陸前山王駅下車↓タクシー一・二㌔。東北歴史博物館。宮城県多賀城市高崎一丁目二二の一↓徒歩、〇・五㌔。多賀城碑↓徒歩、多賀城神社。多賀城市市川大畑《おおはた》一三↓タクシー。一・一㌔。東北本線陸前山王駅着）

天皇《すめろぎ》の御代栄えむと東《あづま》なる陸奥《みちのく》山に黄金《くがね》花咲く

巻第十八　四〇九七

万葉集中最北限歌。大伴家持の歌である。

東北本線小牛田駅で乗り換え、石巻線の涌谷駅下車。左右に低く連なる山々を眺めながら、日本で初めて金を産出した天平（天平二十一年〈七四九〉）産金地とされる黄金山産金遺跡に着く。

遺跡内に延喜式内黄金山神社があるが、銅葺きの屋根が遠くからでも黄金色に輝いて見えるのが印象的であった。

参道を登りつめると正面が黄金山神社、左手に杉木立。まっすぐに伸びた杉の木肌が、晩夏の陽を返してひと際白く林立するさまは、何か女性の足を目の当たりに見るような怪しいなまめかしさを漂わせている。

右手に山田孝雄博士揮毫《きごう》の万葉仮名による万葉歌碑が立つ。

杉木立の足元を小川が流れている。往古の黄金採取は、土砂《どしゃ》を水で洗い流して砂金を採ったが、今でもこの小川から少量の金が検出されるという。

小川近辺にはキリン草・吊舟草が咲き、また長く伸びて包み物を結べそうな見事な水引草の花、さらには宮城野萩が盛りで、花びらを水辺にあまた散らして咲いている風情が美しかった。

奈良時代の中頃、天平年間（七二九〜七四九）になると、奈良時代の初め頃に比べ国家社会が不安定になってきた。

諸国に大地震が起こり凶作が続き、また天然痘が流行した。

さらに租庸調、雑徭《ぞうよう》（公民に課せられた労役奉仕）など、さまざまの労役、兵役により農民の逃亡や浮浪者が多くなる一方、貴族間の争いが激しくなって天平十二年（七四〇）には藤原冬嗣が九州で乱を起こした。

聖武天皇はこうした人心の統一をはかろうと、天平十二年全国の神祇に加護祈願し、天平十三年（七四一）には仏教の力で五穀豊穣を祈り、天変地異や騒乱をなくし平安な国家を建設しようと国分寺創建の詔《みことのり》を出した。

さらに強力な中央集権国家を建設し国家を鎮護するために、寺院の統制とあわせて天平十五年（七四三）、東大寺の大仏である盧舎那仏《るしゃなぶつ》の造立を発願した。

しかしそれまで日本では金の産出はなく、朝鮮諸国からの貢献に頼り、大仏の鍍金《ときん》調達に苦慮していた聖武天皇は、天平二十一年（七四九）二月、陸奥守から「道の奥」

の小田郡から必要量の六分の一強の金が出たとの報告に大いに喜び、大赦や改元（天平感宝）を行い、小田郡内の減税まで行った。

こうした陸奥産金を賀す聖武天皇の詔にこたえて、越中の国庁にいた大伴家持は、産金をことほぐ長歌並びに反歌三首を残したが、家持がこの黄金山で詠んだものではない。

この日本最初の産金九百両の精製は当時の多賀城政庁の大事業であったという。

そこで小牛田に戻ってここから東北本線で陸前山王駅下車。徒歩十五分ほどで、西の大宰府と並び称される「東の朝廷」多賀城跡を訪ねる。

陸奥の兵制の中心であった聖武帝の時から平安初期には、数万人の兵士が駐留したといわれるが、周辺からひと際高いこの政庁跡に立ってみると、かつて四方を守り、北側には一度踏み込めば二度と出られないという加瀬沼を控えての征夷の拠点のさまがうなずける。

男子三人に一人は兵役に就いた当時の、愛する男と引き離される女たちの哀しみを、このあたりに咲く青い露草の花に見る思いがした。

第三部　栃木県佐野市赤見町《ちょう》・小中町《こなかちょう》・田島町《ちょう》・藤岡町《まち》

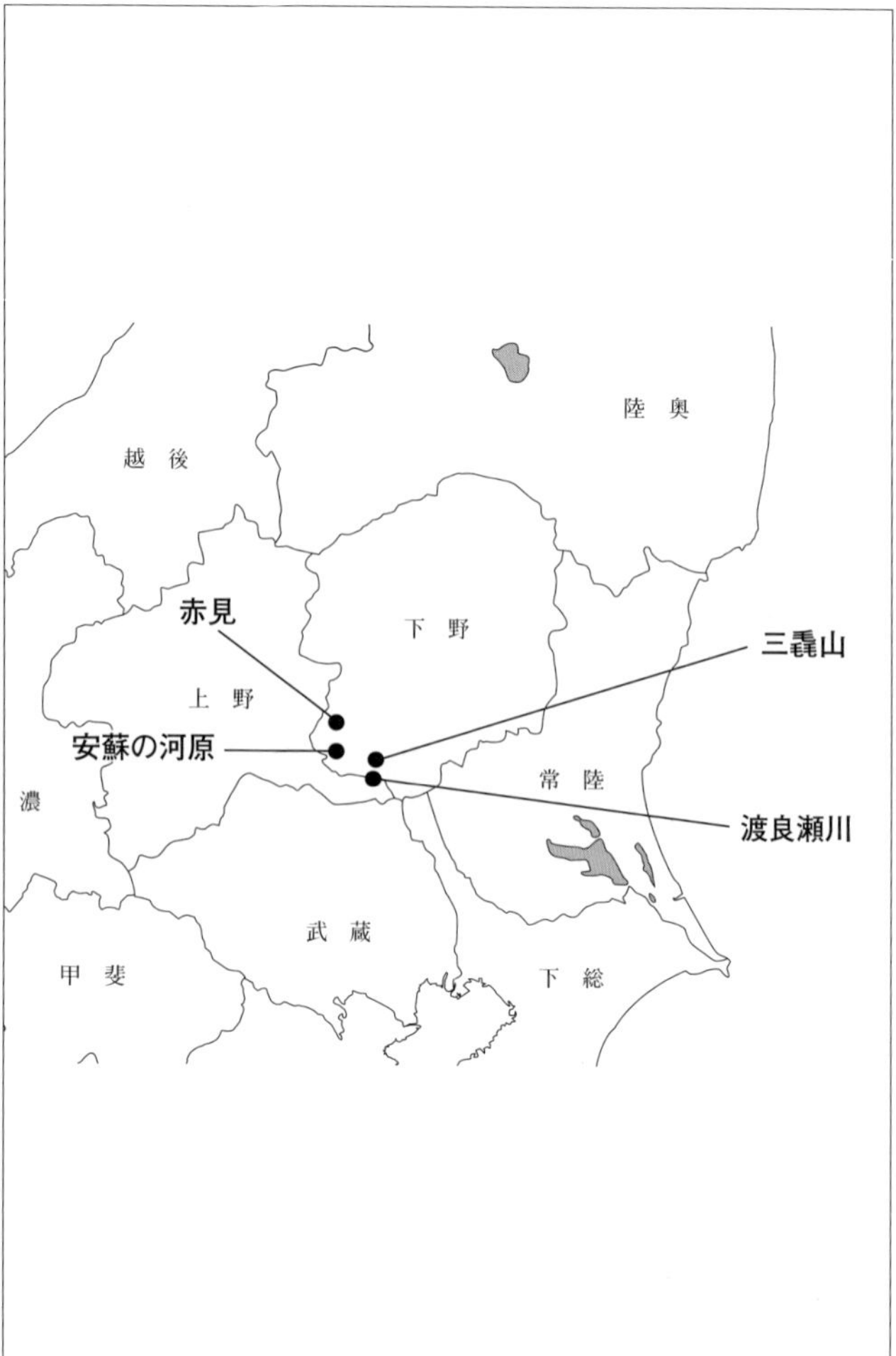
陸奥
越後
赤見
下野
三毳山
上野
安蘇の河原
常陸
濃
渡良瀬川
武蔵
甲斐
下総

あらそふ妹しあやに愛《かな》しも

赤見山

（東北本線小山駅より両毛線→佐野駅下車。関東バス赤見温泉行→町屋入口下車。栃木県佐野市赤見町《ちょう》三一二六）

赤見山《あかみやま》草根刈り除《そ》け逢はすがへあらそふ妹しあやに愛《かな》しも

巻第十四　三四七九

赤見山についてはどことも決めがたいという説もあるようだが、栃木県佐野市赤見の山とする説が有力である。

東北本線小山駅から両毛線に乗り換え佐野駅で下車。駅前からバスがあるが、一日数本という不便さ、仕方なくタクシーを使う。

営業所で、大小山《だいしょうやま》（三一三メートル）の北で、赤見町萱場《かやば》の西方に低い山はないかと聞くがわからない。山崎あたりかとそこまで行って、古い家のお年寄りに尋ねると、萱場は町屋入口バス停あたりの人に聞けばいいという。

収穫を控え、見事な一面の麦畑。ひばりのさえずりに包まれながら町屋入口まで歩く。近くの店で聞くと真向いの小さな山を教えてくれた。

この山は大小山の北に連なり、せんげん山の下に位置し、灌木や雑木が繁り、「子供のころは松かさなどをとりに行った」という。

山を望む川辺に出ると、梅雨近い薄曇りの中に、一面のクコや甘茶づる、コンフリなどの草が生い繁り、続く麦畑と鳥の声に「あらそふ妹しあやに愛しも」の、明るい開放的な青春謳歌もなるほどと納得させる光景であった。

萱場は草刈り場であるから、あの低い山にかけて、男女が並んで草を刈ったのかなと思うと楽しくなる。一緒に草刈りをしたのに、恥ずかしがって言うことをきかない妹がかわいいと、男は歌う。

人丸神社

（赤見山（町屋入口）→人丸神社。栃木県佐野市小中町《こなかちょう》一〇六一）

赤見山から両毛線佐野駅へ戻る途中、元慶《がんぎょう》元年（八七七）、歌聖柿本人麿を祀って建てられたという古社人丸神社に寄った。

境内には、人麿がこの地に来遊した時詠んだという歌の碑が立っていた。

しもつけのあそ野の原の朝あけにもやかけわたるつづら草かな　人麿

歌の真贋は別として、下野では人丸信仰が厚く、県下に五十数か所の神社や石碑があるという。

神社内の池には丁度白蓮が盛りで、池畔に寄るとたくさんの鯉が群れ集まり壮観。

湧き水だけに池の水は澄んでさわやかであり、この水が斎川《いつき》となって渡良瀬川にそそぐ。

安蘇《あそ》の河原《かわはら》

（人丸神社→関東バス、小中バス停→佐野駅下車→東武佐野線田島駅下車。栃木県佐野市田島町《ちょう》一八の四→タクシー。秋山川が渡良瀬川へ入り込む所）

下毛野《しもつけの》安蘇《あそ》の河原よ石踏《ふ》まず空ゆと来《き》ぬよ汝《な》が心告《の》れ

巻第十四　三四二五

安蘇とは阿蘇郡。安蘇郡の中心は栃木県佐野市のあたりで、このあたりを流れる川の河原が舞台の歌。

佐野駅で東武佐野線に乗り換えて田島駅下車。車で秋山川が渡良瀬川へ流れ込む地点まで行く。

途中は一面の麦畑で、大麦、小麦そしてビール専用の長穂の麦、今が麦秋で黄金色に揺れていた。

唐沢橋の川辺に立つと、見渡す限りの草原。

河原の石を踏んだ心地もなく、空を飛ぶ気持ちで一気に逢いに来たという恋する者の逸《はや》る心が偲ばれる。

さてその妹の本心はどうだったのだろうか。ひばりが嬉しさのあまり中空にさえずり、生命あるものの喜びと初夏の明るさが満ちる。

三毳山《みかもやま》

（秋山川が渡良瀬川に入り込む所↓タクシーで三毳神社。栃木県栃木市藤岡町大田和《まちおおだわ》一三五八↓タクシーで東武佐野線田島駅へ↓東武佐野線佐野駅下車↓両毛線で小山駅下車）

下野《しもつけの》野美可母《みかも》の山の小楢《こなら》のすま麗《ぐは》し兒ろは誰《た》が笥《け》か持たむ
巻第十四　三四二四

車中、三毳山を望みつつ三毳神社に着く。神社左手に三毳山へ続く道があり、境内右手に歌碑が立つ。

あたりには残念ながら楢の樹は見当たらなかったが、端に数本の大きな椎木が立ち並び、薄紅を帯びた若葉がいかにも初々しい。

幾つかの小山が連なり、福島の信夫山にも似た三毳山の新緑をめでつつ、しばし休む。

「のす」は「のように」の意味だという。コナラの若葉のように美しい女の子とは、大自然の神様が造った素晴らしい女性に違いないと思う。そんな女性と結婚したいなと、この歌の作者は考えているのだろう。笥（食物を盛る、竹でつくった入れもの）を持つとは、神仏はもちろん家族との共同生活を意味するからである。

三毳神社

第四部　茨城県高萩市・日立市・水戸市・石岡市・筑波市・潮来《いたこ》市・鹿嶋市

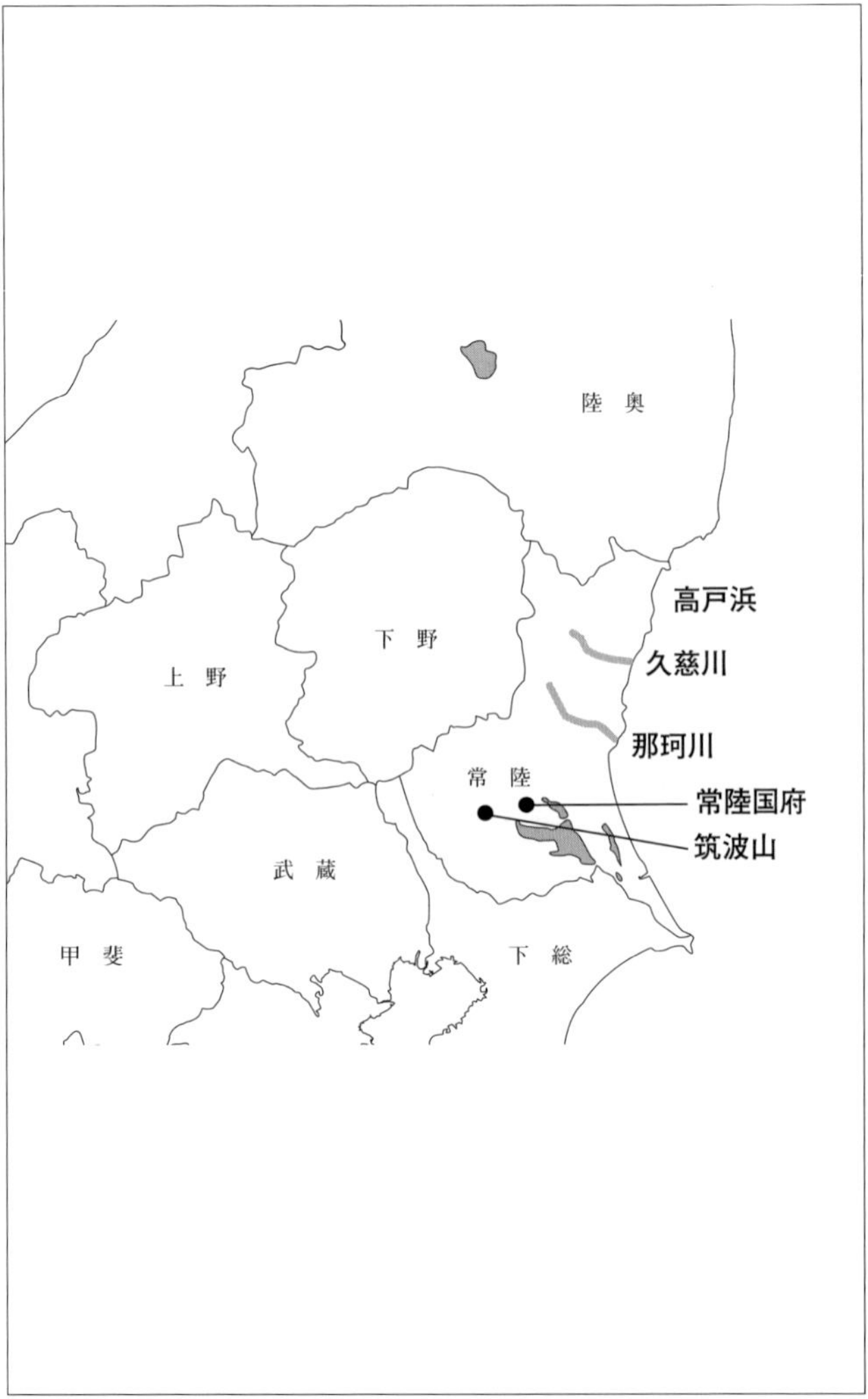
陸 奥
高戸浜
下 野
久慈川
上 野
那珂川
常 陸
常陸国府
筑波山
武 蔵
甲 斐
下 総

遠妻《とほづま》し高《たか》にありせば

高戸浜

（東北本線郡山駅↓磐越東線いわき駅下車↓常磐線高萩駅下車。茨城県高萩市大字高萩一九二八）

郡山駅から磐越東線に乗りいわき駅下車。いわき駅から常磐線に乗って高萩で降り、高戸浜へ。

遠妻《とほづま》し高《たか》にありせば知らずとも手綱の濱の尋ね来なまし

巻第九　一七四六

高橋虫麿の歌で、その足跡の北限といわれている。だが手綱の浜という名のところは、今は見当たらない。「高にありせば」の「高」は多珂郡、今の高萩市ということである。

久しぶりの快晴、紺碧の海、岩壁の陰にひそと咲く浜菊の白が胸にしみる。なるほど、これほどの美しい地に住む妻ならば、道は分からなくても訪ねてきたいという実感がある。

久慈川

（常磐線高萩駅→大甕《おおみか》駅下車。茨城県日立市大みか町《まち》二丁目。タクシー→久慈浜河口。茨城県日立市留町《とめちょう》）

常磐線で大甕駅まで行き、久慈大橋を渡ったところでタクシーを下車。久慈川を見るためこの久慈大橋を歩いて渡り、河口に向かった。

久《く》慈《じ》川《がは》は幸《さけ》くあり待て潮《しほ》船《ぶね》に眞《ま》楫《かぢ》繁《しじ》貫《ぬ》き吾《わ》は帰り来《こ》む

巻第二十　四三六八

川の流れは静かで、流れと並行するかたちで太平洋の波が打ち寄せている。

防人として果てしない太平洋へ漕ぎ出ていかざるを得なかった辛さ、その辛い思いを押し切って「潮船の眞楫繁貫き吾は帰り来む」という表現には、作者の強い意志と故郷の久慈川へのこの上ない愛着が感じられる。

本来、この久慈川は、久慈大橋から厚生年金社会福祉センター側へ曲流していたのが、直線で海へ流れ込むように改修され、重要港湾としての日立港が

久慈川

完成したという。

タクシーは、かつての久慈川の上を走り、「きれいな砂浜でネ、今は打上げ花火しかできないが、前は水中花火や仕掛け花火をしたもんだ」とは、運転手さんの述懐だ。

そういえば、高戸浜でも、「このあたりは環境開発地区になっていて、保養施設なんかがいっぱい建つみたいだよ。三年くらいしたら、まるっきり変わっちゃうんじゃないかな」とは、高戸浜で四〇チセンほどのイナダを釣るという釣り好きの運転手さんの話であった。

ところで狭い日本、本来の自然はどうなるのかしらと、複雑な気持ちとなった。

曝井《さらしい》

（常磐線大みか駅↓水戸駅下車。バスかタクシー↓一五分、四キロ。上水戸。水戸愛宕神社。茨城県水戸市愛宕町一〇の五↓曝井）

常磐線水戸駅で下車。駅前からバスで上水戸へ。バス停「上水戸入口」から、徒歩十五分くらいであろうか。大通りからちょっと入ると愛宕神社の鳥居があり、「史跡愛宕山古墳」の碑が立つ。

この水戸愛宕神社は京都の愛宕神社の分霊で平安時代に創建。境内地は愛宕山古墳に位置し古代より霊験あらたかな場所という。

道端にイガを見つけて上を見ると、栗がたわわ。イガが口を開けて栗の実が顔を出している。

神社を過ぎ、しばらく行くと急な下りとなり、大銀杏と孟宗竹の林。欝蒼として小暗い中に「曝井」の碑が立ち、大きな泉が二つ。泉の傍らに歌碑。

那賀郡《なかのこほり》の曝井《さらしゐ》の歌一首

三栗《みつぐり》の那賀に向へる曝井《さらしゐ》の絶えず通はむそこに妻もが　　巻第九　一七四五

高橋虫麿の歌だ。今でもこれほどの水量なのだから、ここで女性たちが布を洗い曝した姿がうなずける。

常陸国府

（常磐線水戸駅→石岡駅下車→徒歩一〇分。石岡小学校。茨城県石岡市総社一の二の一〇）

ふたたび常磐線で水戸から石岡へ。ここはその昔、常陸国府があったところだ。石岡小学校へと向かう。常陸国から藤原宇合《うまかい》が京へ戻る際に、常陸娘子が贈った歌の碑もあるという。

子供たちが夕暮れ時の最後の遊びに戯れ、また犬を連れた散歩の人々もいて賑わっている校庭の一隅、素晴らしい欅の木の下に、国府跡碑と万葉歌碑が立っていた。

庭に立つ麻手《あさで》刈り干《ほ》し布《ぬの》さらす東女《あづまをみな》を忘れたまふな　　巻第四　五二一

藤原宇合とは藤原式家《しきけ》の祖で、藤原不比等の三男に生まれ、遣唐副使、常陸守、房総の按察使、畿内副惣官、西海道節度使などの顕職を歴任したという。

万葉集によればこの歌の詞書に次のようにある。

藤原宇合大夫《ふじはらのうまかひのまへつきみ》、遷任して京に上る時、常陸娘子《ひたちのをとめ》の贈る歌一首

三栗の…の歌と同様に、東国の女性たちの労働に対する自負や称賛の気風が感じられて、爽やかであった。

筑波嶺《つくばね》

（常磐線で石岡駅↓土浦駅下車↓関東鉄道バスで筑波下車↓バスで筑波神社前下車。筑波山神社。茨城県つくば市筑波一番地↓ケーブル八分ほどで筑波山（男体山）山頂。茨城県つくば市筑波↓徒歩一五分、女体山。茨城県つくば市筑波↓ロープウエイ六分、つつじケ丘↓徒歩二キロ。筑波山神社。筑波山神社前↓バスで筑波下車）

常磐線で石岡から土浦へ。ここからバスで筑波に出ると、二上山《ふたかみ》としての筑波山を望むことができる。

バスを乗り替え筑波山神社前まで登る。この境内に筑波讃歌で知られる高橋虫麿の歌碑が立つ。

今日尓　何如将及　築波嶺　昔人之　将来其日毛

巻第九　一七五四

今日の日にいかにか及《し》かむ筑波嶺に昔の人の来けむその日に

筑波山神社歌碑

背後の大きな木犀の樹が、今を盛りの花をつけ、歌碑は馥郁たる香に包まれて立っていた。

神社の少し上手から、ケーブルカーで御幸ケ原までかなりの急こう配を一気に登りつめる。

左手、八七〇メートルの男体山を目指す。苔むすブナの大樹などを愛でつつ登るが、山頂近くの岩場はさすがにきつい。

虫麿の先述の反歌が付いた長歌が偲ばれる。

検税使大伴卿の、筑波山《つくはのやま》に登りし時の歌一首

衣手《ころもで》　常陸《ひたち》の国　二並《ふたなら》ぶ　筑波の山を　見まく欲《ほ》り　君来《き》ませりと　熱《あつ》けくに
汗かきなげ　木《こ》の根取り　嘯《うそぶ》き登り　峯《を》の上《うへ》を　君に見すれば　男《を》の神も　許し
賜ひ　女《め》の神も　幸《ちは》ひ給ひて…　　巻第九　一七五三

山頂に伊弉諾尊《いざなぎのみこと》を祀る御社がある。展望台に立つと、関東平野を眼下に一望することができる。

筑波岳《つくばのたけ》に登りて、丹比眞人國人《たぢひのまひとくにひと》の作る歌一首

鶏《とり》が鳴く　東《あづま》の國に　高山は　多《さは》にあれども　朋神《ふたかみ》の　貴《たふと》き山の　竝《な》み立ちの

見が欲《ほ》し山と　神代より　人の言ひ継ぎ　国見する　筑羽《つくは》の山を…

巻第三　三八二

昔、山麓の村々の人は年初めに筑波山に登り、我が村を望み豊穣と平安を祈ったという。年に一度我が村を望み、人の営みがいかに小さなものかを客観視しえたという点で、人智を過信しすぎ、恐いものなしになってしまった現代人にとって、反省させられるものがある。

幸運にも快晴で遥か遠く、紫雲たなびくその上にぽっかりと富士山を望むことができた。

『常陸風土記』で「福慈《ふじ》の岳は、常に雪降りて登臨《のぼ》ることを得ず。其の筑波の岳は、往集《ゆきつど》いて歌ひ舞ひ飲《さけの》み喫《ものくら》ふこと、今に至るまで絶えざるなり。（筑波郡）」と、西の富士に対し東の筑波を誇りにしたところの二山の対面である。

男体山を下り御幸ケ原を歩む。この筑波山は、常陸国の国見の山であるとともに嬥歌《かがい》も盛大に行われた山である。

築波嶺に登りて嬥歌會《かがひ》をする日に作る歌一首

鷲《わし》の住む　筑波の山の　裳羽服津《もはきつ》の　その津の上に　率《あども》ひて　未通女壮士《をとめをとこ》の　行き集《つど》ひ　かがふ嬥歌《かがひ》に　人妻《ひとづま》に　吾《あ》も交《まじ》はらむ　あが妻に　他《ひと》も言問《ことど》へ　この山を　領《うしは》く神の　昔より　禁《いさ》めぬ行事《わざ》ぞ　今日のみは　めぐしもな見そ　言《こと》も咎《とが》むな　嬥歌は東の俗語にかがひと曰ふ　　巻第九　一七五九

嬥歌の行われた「裳羽服津」とはどこか。男体山と女体山の中間の鞍部が御幸ケ原で、ここだという説もあり、筑波山神社のやや下手とする説もあるようである。

八七七メートルの女体山の頂上に立ち、遥か霞ヶ浦を望む。ロープウエイでつつじケ丘まで下り、杉・檜・樅《もみ》などが鬱蒼と繁るハイキングコースを下る。

山原はなだらかで、いずれにしろ嬥歌が行われるのにふさわしく、ゆるやかで美しい山である。

浪逆《なさか》の海

（常磐線。我孫子駅→成田線。成田着→成田鹿島線。潮来《いたこ》駅着。茨城県潮来市あやめ一丁目一の一六→タクシー。外浪逆浦《そとなさかうら》）

常陸《ひたち》なる浪逆《なさか》の海の玉藻こそ引けば絶えすれ何《あ》どか絶えせむ

巻第十四　三三九七

浪逆の海の玉藻は引けば切れるが、われわれの仲はどうして切れましょうという。常陸国の東歌、十首中の一首。

浪逆の海とは、利根川下流の北浦南部、当時は潮来あたりまで満潮時に浪が逆流しており、現在の茨城県神栖市の外浪逆浦がその遺跡であるといわれている。

歌碑は慈母観音境内にあるが、万葉時代の浪逆の海が、今でも外浪逆浦という名で残されているのに興味を覚え、自分の目で確かめたいと思った。

土浦から我孫子を経て成田へ、成田から鹿島線で潮来へ出る。潮来から今夜の宿、神栖市のホテルへ夕闇の中を急ぐ。

小さな農村地帯にある十四階建てのホテルに奇異な感を抱いたが、昭和三十年代初め鹿島臨海工業地帯が建設され、人の出入りが多く、県も出資し営業しているという。

早朝、水郷有料道路から左に入り、外浪逆浦に出る。かつては海水が逆流して稲田の稲が赤くなる塩害などが生じていたが、水門を造って解消。逆に外浪逆浦の名物シジミがなくなったとは土地の人の話。

葦辺には三〇チセンほどの魚が打ち上げられ、水中の細い藻を引いてみるが容易には切れなかった。

鹿島立《だ》ち

（成田鹿島線、潮来駅→鹿島神宮駅下車。鹿島神宮。茨城県鹿嶋市宮中《きゅうちゅう》二三〇六の一）

鹿島線で潮来駅から鹿島神宮駅へと向かう。駅前広場は、神宮の印象とうって変わって赤い煉瓦貼り。

鹿島神宮に祀られている武甕槌《たけみかずち》大神は、神代の昔、天照大神の命令で大国主命とともに日本の国を一つにまとめた軍神である。

東国から筑紫・壱岐・対馬の守備のために派遣された防人が出征する時、この鹿島神宮に集まり、武運長久と道中の平安を祈って船出したが、これを鹿島立ちと称し、依頼遠方へ旅立つ時に、鹿島へお参りする鹿島立ちの信仰が生じたと、社殿説明板にある。

これを物語るものとして、防人・大舎人部《おおとねりべ》千文の次の歌がある。

霰《あられ》降り鹿島《かしま》の神を祈りつつ皇御軍《すめらみくさ》にわれは来《き》にしを　巻第二十　四三七〇

「霰降り」は霰が降ると音がかしましいので、鹿島にかかる枕詞である。大鳥居右奥にこの歌碑が立つ。

自分は天皇の軍隊として出かけてきたのだという口ぶりには、儀式としての恰好づけが見られるが、その胸中はいかばかりであったであろうか。

この歌碑の斜め向かいの樹齢八百年という椎の木も見事である。

水戸藩初代徳川頼房の寄進という朱塗りの楼門を潜ると、右手に苔むした檜皮葺《ひわだぶき》の社殿が厳かに建つ。徳川二代将軍秀忠の奉納とある。

会社ぐるみの参詣だろうか、男性たちが何列にも並び、一斉に参拝している姿を見ていると、万葉の昔、妻や子を残して九州の防人として、大海原へ船出していかなければならなかった当時の男たちと、時代は変わってもなんら変わらない生きるための男たちの悲哀を感じさせる。

杉・松・椎の老樹が鬱蒼と繁る長い裏参道の奥に、武甕槌大神を祀る奥宮本殿がある。神武天皇が賊軍の抵抗に遭い窮地に陥った時、武甕槌大神が降《くだ》した剣のおかげで、神武天皇は賊を平定し即位されたという。師霊剣《ふつのみたまのつるぎ》である。その全長二・七メートル、無反《むぞ》りの太刀は、宝物館で拝観することができる。

ところでこの宝物館の中に、柿本人麿の木彫の立像がある。鹿島文庫（安永四年〈一六七五〉創立）に清水法橋宗茂が日野大草頭敦光朝臣作の人麿像を寄進、鹿島文庫の主宰神として奉安されていたが、後、宝庫入りしたと伝えられている。

第五部　千葉県君津市・富津市・館山市・木更津市・市原市・市川市

下野
上野
常陸
武蔵
下総
甲斐
海上潟
手児奈霊堂
袖ヶ浦
飽富神社
相模
木更津駅
上総
馬来田
伊豆
内裏塚

夜中にも…出でてぞ逢いける

珠名塚

（成田線千葉駅で内房線に乗り換え→青堀駅下車→内裏塚古墳。千葉県富津市二間塚字東内裏塚→青堀駅から富津公園行バス→富津公園。富津市富津二二八〇）

ＪＲ内房線の青堀駅で下車。市の社会教育課で教えられた道を行くと、電化センターの向かいに古墳らしきものが見える。

こんもりと青葉が繁り、注意して見ると内裏塚古墳の立て札があった。古墳の南側は水田とじゃがいも畑で、一羽の白鷺が古墳の上を舞う。

房総の国は上総と下総に分かれ、古くは日本武尊の走水の海を渡った記述のように三浦半島から海を越えて入った。

　東海道とはまさしく「東へ海を越える道」であった。記録によると「天富命《あめのとみのみこと》さらに沃壌を求め、阿波の斎《いん》部《べ》を分ちて率て東土に往かしめ、麻・穀を播き殖ゑしむ」とあり、麻がよく生い繁った地であるから総の国と名づけられたという。

　ところで日本武尊がどこに上陸したかは定かでないが、三浦から距離的に近い富津・君津・木更津あたりでもあろうか。

『万葉集巻第十四』（東歌）の最初には、次の二首があり、このあたりの地と関係が深いことがうかがわれる。


　夏麻《なつそ》引《び》く海上潟《うなかみがた》の沖つ渚《す》に船はとどめむさ夜更《ふ》けにけり

　右の一首は、上総《かみつふさ》国の歌

内裏塚古墳

葛飾《かづしか》の真間《まま》の浦廻《うらみ》を漕ぐ船の船人《ふなびと》騒《さわ》く波立つらしも

巻第十四　三三四八

右の一首は下総《しもつふさ》国の歌

巻第十四　三三四九

内裏塚古墳

さて古墳中央には細い急坂の道があり、小暗い道を登りつめたところは、ほぼ円形の台地。その真ん中に大正四年（一九一五）に建てられた「内裏塚」の大きな碑があり、右隅には遠慮がちの小さい碑で、嘉永四年（一八五一）南総山田重春が撰書したという「珠名塚碑」があった。

富津市には須恵国造《すえのくにのみやつこ》家の墓とみられる多くの古墳があり、この古墳の主は未詳だが須淮珠名《すえのたまな》の墓ともみたてられている。

資料によれば、この古墳は竪穴式の石室が二つあって、二体の人骨と直刀・鉄剣・鉄槍などのほか農具や銅鏡が出土したという。五世紀ごろの前方後円墳である。須恵の珠名について高橋虫麿は、長歌と短歌で次のように詠んでいる。

上総《かみつふさ》の周淮《すゑ》の珠名娘子《たまなをとめ》を詠む一首短歌を并せたり

…須淮《すゑ》の珠名《たまな》は　胸別《むなわけ》の　ゆたけき吾妹《わぎも》　腰細の　蜾蠃娘子《すがるをとめ》の　その姿《かほ》の　端正《きらきら》しきに　花の如《ごと》　咲《ゑ》みて立てれば　玉鉾《たまほこ》の　道行く人は　己《おの》が行く　道は行かずて　召《よ》ばなくに　門《かど》に至りぬ…

巻第九　一七三八

反歌

金門《かなと》にし人の来立てば夜中にも身はたな知らず出でてそ逢ひける

巻第九　一七三九

「たな知らず」は全くかまわずの意。珠名は、胸豊かな腰の細い美女であり、旅の者が言い寄るとみだらなふるまいをしていたと詠んでいる。

いつのことかあまりにも浮名の高い美女の伝説であったので、高橋虫麿はこう歌に記録したのである。

タマナとは神に仕える名で、巫女《みこ》である。神聖な巫女に徹した真間の手児奈に対して、珠名は人間のどの男にも交わり、遊女の源流であるなどと言われてしまったが、それを恥じてか、ここにはあまり訪れる人もないらしい。

マテバ椎の古木が不気味なまでに生い繁り、千数百年もの間を眠り続けてきた古墳の上は、一瞬タイムトンネルを潜った感じがある。

ぽっかりと円形の空が見える。その空に向かって今年の新芽が光り輝き、木々だけがこの古墳を守り続けてきたように思われる。

駅に戻り、富津公園行きのバスに乗る。

富津岬の展望台に上ってみる。快晴に恵まれ、彼方に三浦半島と房総半島の先端が向かい合うように位置し、その間の浦賀水道を大小の船が行き来している。

かつて妻の弟橘媛を失った日本武尊の悔しさが胸に迫る。

一面の黒松の中に、媛の面影を偲ぶかのように咲く白い花が印象的であった。

馬来田《うまぐた》の嶺《ね》ろ

（内房線青堀→館山駅下車。千葉県館山市北条。館山駅東口→ＪＲバス白浜行、二五分。安房自然村下車。千葉県館山市布良六〇〇→徒歩一〇分、布良《めら》漁港→バス、三分、安房神社。千葉県館山市大神宮五八九→バス一五分。野島崎灯台→館山。内房線。木更津下車→久留里線。馬来田《まくた》下車。千葉県木更津市真里一〇七。木更津駅→内房線。袖ヶ浦下車。のぞみ野行バス→飯富《いいとみ》下車→徒歩五分。飽富神社。千葉県袖ケ浦市飯富二八六三）

朝五時、房総半島のほぼ先端にある安房自然村を出発。夜半の激しい雨もあがり、曇天の中、バス停脇の細いだらだら坂を海へ向かって下る。

青木繁の絵で知られる布良漁港である。太平洋に直接面したこの海は、さすがにきれいで缶・ビニール類に汚されていないのが嬉しい。

一羽の鳶が高く鳴きながら頭上を何度も低空飛行していく。朝の取り引きが終わり、きれいに水洗いされた市場に海老網の朱色が鮮やかに映える。

さて安房神社へ行くバスを待ち合わせている間に、地元の人たちからいろいろな話が聞けた。

この房総半島を開拓したのは、四国の阿波の斎部氏《いんべ》であり、その祖神天太玉命《あめのふとだま》の孫天富命が、阿波の斎部の一族を率いてこの地に上陸し、麻・穀を播き殖えさせ、好麻の生えた地の意で総国《ふさつくに》といったと、斎部広成の『古語拾遺』にあるとのこと。

地元の人の話では、この天富命は、最初、洲ノ崎に上陸しようとしたが断られ、この布良に上陸した。布良とは、良い麻で織った良い布ができたところのことだとの説明に納得。

さてこの天太玉命を主祭神に、下の宮に天富命を祀っているのが旧官幣大社の安房神社である。バスで三分ほどで安房神社に着く。

境内に入ると四方から盛んにほととぎすの鳴き声が立つ。「別都頓宣寿《べっとんぎーす》（十王経）」と聞こえるから不思議。大きな楠《くす》の樹が二本、花が盛りである。

うすあお色の袴を着けた若い神主さんが、御社の階をモップで掃除しているのに思わず笑みがこぼれる。

まだ朝の八時である。バスに再び乗り、野島崎灯台へ。ぽつぽつ降り出した雨が本降りとなる。

房総フラワーラインを通り館山へ戻る。内房線で木更津駅下車。木更津から久留里線で馬来田《まくた》駅へ向かう。ディーゼル車である。

東清川駅あたりから進行方向左側に、嶺が西東へ低く長く連なっているのが見え始める。馬来田の嶺《ね》である。

馬来田《うまぐた》の嶺《ね》ろの篠葉《ささは》の露霜の濡《ぬ》れてわ来なば汝《な》は戀ふばそも　巻第十四　三三八二

馬来田の嶺ろに隠《かく》り居《ゐ》斯《か》くだにも国の遠かば汝《な》が目欲《ほ》りせむ　巻第十四　三三八三

しだいに嶺が接近し、馬来田駅に降り立ってみると、目の前に雨を浴びて嶺が横たわっている。

「篠葉の露霜に濡れて」の歌は嶺の向こう側の男が嶺を横切って、反対側の女に逢いに行ったというよりも、長い嶺伝いに一目を偲んで来たのではなかろうか。

今では嶺の一部が造成され、家が立ち並んでいるところもある。

ふたたび木更津へ戻る。木更津港の外港は、厚い雨雲が海を舐めるかのように海面すれすれに垂れこめ、恐ろしいほどの突風に浪が大きく立ち騒ぎ、息も止まるほどであった。

日本武尊東征の時、走水の海で暴風雨に遭い、弟橘媛が夫の日本武尊が助かるのであればと入水した心境がよくわかる。

すれ違う海の男たちの顔は、墨のように黒くかがやき精悍であった。

一夜明けると、昨日の荒れを不思議に思わせるほどの好天気。弟橘媛入水後の状況もこのようではなかったのかと、無念の思いの日本武尊の心が偲ばれた。

さて木更津から内房線で袖ヶ浦駅下車。駅前からのぞみ野行バスに乗る。

途中からバスの左手に三・四〇《メートル》の嶺が見え始めついには、バスは嶺に沿って走る。馬来田の嶺ろである。五分ほどで「飯富」に着く。

土地の人に、「飫富《おう》神社は…」と聞いてもわからず「飽富《あくとみ》神社」というと、「あ、あきとみ神社ね」と斜め向かいを指さして教えてくれる。

バス停側の急坂、要するに馬来田の嶺ろを登る。鬱蒼の木立。高さ五〇メートル《メートル》ほどはあろうか。

登りつめた所に飽富神社があった。境内の説明板には「飽富《あきとみ》神社」とある。上総国の式内社五社の中の「飫富神社」が飽富神社として伝わっているのだ。

馬来田は古く馬来田国造が納めていたが、その馬来田国造が祖神を祀った社がこの飽富神社である。

神社の左裏手に出てみると起伏の始まりが見える。馬来田の嶺ろは、飽富神社の裏手から始まり、先の久留里線馬来田駅付近まで続いているのだ。

「貴女の家がこの馬来田の嶺ろに隠れているだけでもこんなに恋しいのに、防人となって旅立ち、国が遠くなったならどんなに逢いたくなることだろう」という。土地の人々の生活に深くなじんでしまっている馬来田の嶺ろが詠われている。

バスで袖ヶ浦駅に戻る。駅名は走水の海に入水した弟橘媛の衣の袖が、このあたりの浜に打ち上げられたことに由来している。

海上潟《うなかみがた》

（内房線、木更津駅→五井駅下車。千葉県市原市五井中央西二丁目一の一一→タクシーで養老川河口へ）

内房線五井駅で下車。タクシーで養老川河口へと向かう。

夏麻《なつそ》引《び》く海上潟《うなかみがた》の沖つ渚《す》に船はとどめむさ夜更《ふ》けにけり

巻第十四　三三四八

「夏麻引く」は「うなかみがた」の「う（績む）」にかかる。「夜更けにけり」は万葉集にしばしば出てくる表現で、はっと気づいたらもう夜が更けていたという民謡的口調を見せている。

海上潟とは、海上郡の干潟であり、海上郡は上総と下総の両方にあるが、この歌の場合は上総の海上郡で、養老川が東京湾に注ぐ河口あたりの干潟をさすといわれる。河口へ向かう途中養老川を渡るが、ほとんど水が見られず驚く。川の二〇キロ上流に高滝ダムを造ったため、河口あたりには水があるが、ちょっと上手になると水はほとんど見られないとは運転士の話。

養老川に沿った市原市総社付近に国府があって、海上潟と推定される養老川河口あたりに国府の津（港）があったのだろうといわれている。したがって、「海上潟の沖つ渚にとどめ」る船とは、公の船ではなく旅人の船の意という。

国道十六号線を横切ると広大な臨海工業地帯が開ける。十六号線以北は埋立地であるとのこと。

東京ガスでは地下にガスパイプを埋め込んで成田まで送っているという。タクシーからも、地下埋設導管位置標識ＮＯなる白い杭が道路沿いに建てられているのが認められる。

その埋立地に造られている河口に出てみると、向かい側がコスモ石油、こちら側が丸善石油化学の石油タンクが林立しており、規模の大きさに圧倒された。

養老川の上をガスや石油などの各種パイプが架け渡されていて、万葉時代の旅人には予想もつかない海上潟の変貌ぶりである。

人間の英知に感嘆するとともに、一方では余りにも大きな自然の喪失に驚く。

養老川の川面からボラが何度もなんども高く跳びはねるのが見える。川らしい川を返して…と主張しているかのように。

弘法寺《ぐほうじ》・手児奈《てこな》霊神堂

（内房線五井駅→千葉駅下車。総武線→市川駅下車→タクシー、弘法寺。千葉県市川市真間四の九の一→手児奈霊神堂。市川市真間四の五の二一。真間の井。市川市真間四の四の九。真間の継橋《つぎはし》。市川市真間四の七の七）


五井駅から千葉を経由して市川に出る。

弘法寺と尋ねるがわからない。説明していると、「ああママサンだね」と言われて戸惑う。「真間山」だとやっと気づいた。
真間山弘法寺は、天平の昔、真間の手児奈の霊を供養して建てられた寺で、山門階段脇や境内に立札があり、次の歌について詳しく記されている。

足《あ》の音《おと》せず行かむ駒もが葛飾の真間の継橋《つぎはし》やまず通はむ
巻第十四　三三八七

鳰鳥《にほどり》の葛飾早稲《わせ》を饗《にへ》すともその愛《かな》しきを外《と》に立てめやも
巻第十四　三三八六

いずれも神に仕える巫女としての立場を守り通した手児奈を礼賛する東歌である。
手児奈霊神堂の左手前に台石もない歌碑が一つ。

勝鹿の真間の井を見れば立《た》ち平《なら》し水汲《く》ましけむ手児奈し思ほゆ

高橋虫麿の歌「巻第九　一八〇八」である。この歌碑に添う立札には、次の山部赤人の歌「巻第三　四三二」がある。

われも見つ人にも告げむ葛飾の真間の手児奈が奥津城處《おくつきどころ》

ところで赤人の次の歌にあるように、手児奈はすでに伝説の女性であった。

古《いにしへ》に　在《あ》りけむ人の　倭文幡《しつはた》の　帯解《と》きかへて　伏屋《ふせや》立て　妻問《つまどひ》しけむ　葛飾《かづしか》の　真間《まま》の手児奈《てごな》が　奥《おく》つ城《き》を　こことは聞けど　眞木《まき》の葉や　茂《しげ》りたるらむ　松が根や　遠く久しき　言《こと》のみも　名のみもわれは　忘らゆましじ

巻第三　四三一

当時の人がどのように見ていたかは、遊女の源流といわれている須淮《すえ》珠名が「胸別《むなわけ》の　ゆたけき吾妹《わぎも》　腰細の蜾蠃娘子《すがるをとめ》の　その姿《かほ》の　端正《きらきら》しきに…　巻第九・一七三八」

に対して、次のように詠んだ虫麿の歌に浮き彫りされている。

　勝鹿《かづしか》の真間娘子《ままのをとめ》を詠む歌一首　短歌を幷せたり

鶏《とり》が鳴く　吾妻《あづま》の国に　古《いにしへ》に　ありける事と　今までに　絶えず言《い》ひ来《く》る　勝鹿の　真間の手児奈《てごな》が　麻衣《あさぎぬ》に　青衿《あおくび》着《つ》け　直《ひた》さ麻《を》を　裳《も》には織り着て　髪《かみ》だにも　掻《か》きは梳《けづ》らず　履《くつ》をだに　履《は》かず行けども　錦綾《にしきあや》の　中につつめる　斎児《いつきご》も　妹《いも》に如《し》かめや　望月《もちづき》の　満《た》れる面《おも》わに　花の如《ごと》　笑《ゑ》みて立てれば　夏蟲の　火に入《い》るが如《ごと》　水門入《みなといり》に　船漕《こ》ぐ如く　行きかぐれ　人のいふ時　いくばくも　生《い》けらじものを　何すとか　身をたな知りて　波の音《と》の　騒く湊《みなと》の　奥津城《おくつき》に　妹が臥《こや》せる　遠き代に　ありける事を　昨日《きのふ》しも　見けむが如も　思ほゆるかも

巻第九　一八〇七

「夏蟲の　火に入るが如　水門入《みなとい》りに　船漕《こ》ぐ如く　行きかぐれ　人のいふ時　いくばくも　生《い》けらじものを」以降は、何としてであろうか、手児奈は自分の身を思い知って、波の音のざわざわとする港の墓に、（投身して）臥せっているという、昔の出来事が、昨日実際に見たように思われる、というのである。

霊神堂の北側の日蓮宗亀井院の裏庭に、手児奈が水を汲んだという井戸があり、脇に同じ「勝つ鹿の真間の井を見れば」の歌碑が立つ。

霊神堂近くに二《メートル》ほどの赤塗りの低い石が架けられ、「つぎはし」の立派な石碑と、前と同じ「足の音せず行かむ駒もが」の歌碑。

さらに南へ進み、川の橋を渡ったところの立て札には、次の歌を記す。


葛飾の真間の浦廻《うらみ》を漕ぐ船の船人騒ぐ波立つらしも　三三四九

下総台地の前面には市川砂州があり、その台地と砂州の間に真間の入り江が深く入り込んで、浦廻をなしていたという。

真間の手児奈といえばあまりにも有名だが、弘法寺・亀井院・手児奈霊神堂・継橋などに歌碑や新旧立札が未整理に乱立し、せっかくの興趣がそがれてしまった。

第六部　東京都府中市・昭島市・国分寺市・狛江市

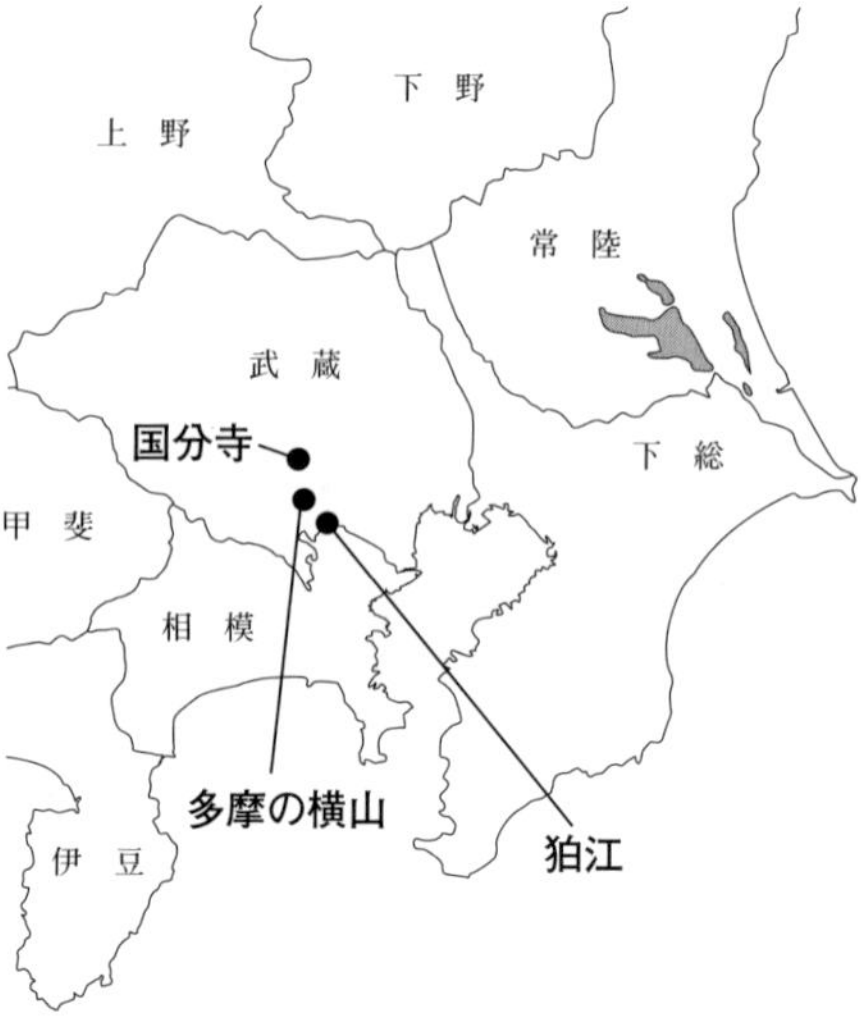
下 野
上 野
常 陸
武 蔵
国分寺
下 総
甲 斐
相 模
多摩の横山
狛江
伊 豆

多摩川に曝《さら》す手作《てづくり》さらさらに

多摩の横山

（南武線、府中本町駅下車。東京都府中市本町一丁目二九↓徒歩五分。大國魂神社。東京都府中市宮町三の一↓南武線立川下車↓青梅線、拝島下車。東京都昭島市松原町四丁目一四の四）

現在の東京都、埼玉県、神奈川県の川崎市・横浜市はかつての武蔵国にあたろうか。五、六世紀から七世紀にわたる埼玉古墳群は、東国では上野《こうずけ》（群馬県）に次ぐ大きな規模を持っていた。

古墳は墓で、壮大な墓があるということは大きな勢力を持つ豪族がいたことを示している。

この埼玉県古墳群が六世紀以後も終末期まで立派に築かれていたのに対し、大田区田園調布の亀甲山古墳をはじめとする多摩川下流域の古墳群が終息しているのは、武蔵国の国造の争いの結果だといわれている。

武蔵国には无邪志《むざし》国造、胸刺《むなさし》国造、知知夫《ちちぶ》国造の三国造が存在したらしい。知知夫国造は秩父地方を支配したが、利根川と荒川にはさまれた氾濫原に古墳群を残す北武蔵の无邪志国造と、玉川下流域に古墳群を残す南武蔵の胸刺国造が争ったという。

南武蔵の国造は上毛《かみつけ》の豪族に支援を求め北武蔵の国造を殺そうとしたが、北武蔵の国造が上京し、朝廷に訴えたため、朝廷は南武蔵の国造を討伐した。

そこで北武蔵の国造は感激し、南武蔵国造の領域を屯倉《みやけ》として朝廷に献上した。多摩川流域地が朝廷の直轄地となったことが、武蔵国の中心を北武蔵から南武蔵へ移行させることになっていったという。

大化改新（皇極天皇四年〈六四五〉）後、武蔵の国は国府（国衙のある場所）を多摩郡小野郷、今の府中市に置いたが、その国衙（国司が事務をとる役所）は、大國魂神社周辺にあったといわれる。

　そこで、南武線で府中本町駅下車。天然記念物という欅並木がちょうど浅緑に芽を吹き始め、大國魂神社の石の大鳥居の前に、樹齢百年は越えていようか、注連《しめ》で飾られた二本の欅古木が御神木となって立ち、参道の欅の新芽と燦々と散る桜の花びらの向こうに本殿があった。

　右に宝物殿、神楽殿、左側に参集殿が建ち、本殿は誠に立派で、威風堂々として重厚であった。この本殿に向かい長時間一心に掌を合わせている若い女性が印象的であった。

　武蔵国の人々は防人に任じられると、このあたりにあったと思われる国衙に集められ、ここから多摩川を渡り多摩丘陵を越えて三年という防人の任に赴いて行ったという。

赤駒《あかごま》を山野《やまの》に放《はが》し捕《と》りかにて多摩の横山徒歩《かし》ゆか遣《や》らむ
巻第二十　四四一七

右の一首は、豊島《としま》郡の上丁椋椅部荒蟲《くらはしべのあらむし》が妻宇遅部黒女《うぢべのくろめ》のなり。

豊島郡は東京都豊島区に名を遺し、荒川・北・板橋・文京の各区におよび、『延喜式』によれば、武蔵国には兵部省の官牧が四牧あり、一つは豊島郡にあったという。豊島には駅家が置かれ、駅馬十匹、伝馬五匹がいたという。

多摩の横山とは多摩丘陵一帯をさし、当時は豊島からも多摩の横山を望めたのであろう。

今は立川のビル九階にでも上れば見ることができるが、高い建築物のせいで青梅線や武蔵五日市線の「拝島」あたりから南北両側に千葉県の根方にも似た多摩丘陵を望むことができる。

武蔵国分寺

（中央線、西国分寺駅。東京都国分寺市西恋ヶ窪二丁目↓徒歩、武蔵国分寺跡。東京都国分寺市西元町一丁目〜四丁目付近↓徒歩、最勝院国分寺境内、万葉植物園。東京都国分寺市西元町一の一三の一六）

中央線、西国分寺駅下車。武蔵国分寺跡へ向かう。町の人と道連れとなり途中まで案内してもらう。

「武蔵国分寺」の立派な石碑を背に、反対側の広大な武蔵国分寺跡地へ入る。桜が満開であった。

つぶつぶと若芽を萌え出させている大きな榎の樹の向こうに案内板が立つ。

武蔵国分寺跡

武蔵国分寺は天平十三年（七四一）聖武天皇の命で鎮護国家を祈願して建てられ、東西八八〇《メートル》、南北五五〇《メートル》の寺地と、寺地中央北寄りの僧寺寺域（三六〇〜四二〇《メートル》四方）と寺地南西隅の尼寺寺域（推定一六〇《メートル》四方）があり、諸国国分寺中有数の規模であり、史跡指定地域約一〇万平方《メートル》は、史跡公園の整備が進められているようである。

僧寺の北側から跡地へ入ってきたわけだが、僧寺跡地の正面、南側に「史蹟武蔵国分寺址」の細い石碑が立つ。

ここから国分寺跡地を見はるかすと、国分寺跡地の後方にゆるやかに武蔵野段丘を認めることができる。

跡地内の一際高い高台が、案内板にもある諸国国分寺中最大規模の金堂址地である。多賀城跡などにも見られた大きな礎石が数基残っていて、中央に「金堂址」の石碑が立ち、その後方の講堂址も二、三段階段を上ると中央の礎石の脇に小さな「講堂址」石碑が立っていた。

国分尼寺跡などは府中街道や武蔵野線を越えた領域にまでわたる広大な範囲であるのだが、武蔵国の文化交流の中心施設であったこの国分寺の終末は不明であると説明板にあった。

武蔵国分寺跡地の北側にあった現在の最勝院国分寺の境内に万葉植物園があるというので行ってみた。

万葉集ゆかりの植物が所せましと植えられ、脇に万葉歌が添えられている。今日は

「かたかご」の花が三、四本可愛い花をつけている。

堅香子《かたかご》草の花を攀ぢ折る歌一首
物部《もののふ》の八十少女《やそをとめ》らが汲《く》みまがふ寺井の上《うへ》の堅香子の花

巻第十九　四一四三

西国分寺駅へ戻る途中の急坂は武蔵野段丘を上り下りしていたことになるのであろう。

さて聖武天皇はなぜ天平十三年（七四一）、各国府の所在地に国分寺を設置することを考えついたのであろうか。

国分寺内には僧寺と尼寺があり、宝亀元年（七七〇）には国分寺はほぼ全国に造立をみた。

聖武天皇は神亀元年（七二四）に即位、幼い皇太子の死や、長年にわたる農業の不振、長屋王事件などがあったが、体制としてはまとまり平穏《へいおん》であった。

しかし後半になると天平九年（七三七）天然痘の流行で藤原四兄弟が一度に亡くなるなど大混乱となり、天平十二年（七四〇）には藤原広嗣《ひろつぐ》が乱をおこした。天皇は山背《やましろ》（京都）の恭仁《くに》や近江の紫香楽《しがらき》、摂津の難波と都を転々と移した。

国分寺は民衆の悩みを救済するためではなく、鎮護国家、鎮災至福を説く仏教を中央集権、民衆支配の強化のための精神的支柱としようとして建てられたのである。

調布

（南武線、登戸駅。神奈川県川崎市多摩区登戸三四三五→小田急小田原線、狛江駅下車。東京都狛江市東和泉一丁目一七の一→西河原公園。東京都狛江市元和泉二丁目三八の一）

多摩川に曝《さら》す手作《てづくり》さらさらに何《なに》そこの兒《こ》のここだ愛《かな》しき

巻第十四　三三七三

川崎から立川に至る南武線は途中、武蔵小杉、武蔵中原、武蔵新城、武蔵溝ノ口と

「武蔵」の名が続く。

登戸で小田急小田原線に乗り換え、狛江へ向かう。

ところで万葉時代の税には耕地に課せられ稲か米で納めた「租」と、人頭税で労働力の課せられた「庸」「調」がある。

「庸」は「徭役」で公の土木工事のために労働力を提供したが、労働力が不必要な年は労働相当の絹、布を納めた。

一方「調」は絹、布またはそれ相当の海産物を納めた。一人前の男一人について調布と庸布合わせて一反の貢納という。

現在多摩川沿いに狛江市の隣の調布市、下流の大田区の田園調布など、調布の地名が伝わるが、調とは「租庸調」の「調」である。

さらに「砧《きぬた》」「麻布《あざぶ》」などの地名も伝えられ、水源の山岳地の豊かな水をみなぎらせていた多摩川流域は、調布の生産地であった。

常陸国（第四部・「曝井《さらしい》」参照）に続いて武蔵国も中央政府へこの特産を貢納せねばならず、川沿いの村々の共同作業で果たされていた。

冒頭の歌碑を目指し狛江駅で下車。途中、西川原公園から多摩川へ出てみた。川幅は広いが流れは細く、川の中に大きな中州が幾つも見られ、流れもゆるやかに浅く、川に入って男女が手織りの麻布を川水で洗い、日光に当てて白くするという作業場に恰好の場である。

第四部（「常陸国府」参照）に次のような歌碑があった。

藤原《ふじはらの》宇合大夫《うまかひのまへつきみ》、遷任して京に上る時、常陸娘子《ひたちのをとめ》の贈る歌一首

庭に立つ麻手《あさで》刈り干《ほ》し布《ぬの》さらす東女《あづまをみな》を忘れたまふな

巻第四　五二一

綾絹などを使用した貴族に対し、木綿と同等に一般庶民が使用したのが麻布である。麻は春に種を蒔き夏に花開き、秋に一〜二・五米になったものを葉や枝を払い長さを揃え束ね、水に浸し皮をとる。再度この皮を水に浸し、蒸してとれた繊維を紡いで糸にするという。

「庭に立つ」は一米以上の丈なので合点がいく。「麻手」は「麻」のこと。麻の栽培から製布までの一貫した作業には男性も従事しただろうが、「東女を忘れたまふな」という自負の強さからいえば、女性中心の作業だったのであろう。

手作りの糸で手織りの麻布をつくり、多摩川にさらして作られた調布、麻布を土地の特産品として納めねばならぬ宿命。土地の人々の生命を支える労働なればこそ、冬の川で手足を真っ赤にして働いている若い娘の姿は、多摩川にさらす手作りの布ではないが、さらにさらにどうしてこんなに可愛いのかしら…と、美しく明るく昇華されていくのだろう。

うけらが花

（小田急小田原線、狛江駅下車。東京都狛江市東和泉一丁目一七の一→西河原公園。東京都狛江市元和泉二丁目三八の一→狛江市老人福祉センター。東京都狛江市元和泉二の三五の一）

さて前章の続きになるが、西河原公園の多摩川べりを離れ、狛江市老人福祉センターの道路向かい側に万葉歌碑の矢印がある。

個人の宅地内の、折から満開の枝垂れ桜の下に、歌碑「多摩川にさらす手作りさらさらになにそこの児のここだかなしき」が立つ。

五段ほどの踏み石の上に、さらに二段の台石を置き、その上に三メートルほどの立派な歌碑であった。若い男女の一途で清純な恋心そのままに、ほんのりと可憐な枝垂れ桜の蕾や小花が春風にゆうらり揺れていた。

ところで万葉集には「うけらが花」が四首詠まれているが、そのうちの三首は武蔵野の歌である。

恋しけは袖も振らむを武蔵野のうけらが花の色に出《づ》なゆめ
巻第十四　三三七六

或る本の歌に曰はく、いかにして恋ひばか妹《いも》に武蔵野のうけらが花の色に出《で》ずあらむ
巻第十四　三三七七

万葉時代の武蔵野の花は「うけら」であり、平安時代以降「ムラサキ」となったのだろう。

「うけら」は本州、四国、九州、朝鮮、中国に分布し、乾いた山地に自生する多年草で、高さは五〇～八〇チセン。茎は硬く艶があり、秋に咲く白い花も、一般にいう花の柔らかさ、優しさには程遠く、これが花かと見まがうほどの味気なさ、無骨さで、魚骨様の苞を持つこの花の硬さを思わず指でさわって確認してしまうほどの味気無さである。

だから、恋仲ということが他の人にわからないように、うけらの花のように素っ気なくしてね…ということではなかろうか。

わが背子《せこ》を何《あ》どかも言はむ武蔵野《むざしの》のうけらが花の時無きものを

巻第十四　三三七九

うけらの花は他の花のように朝に開き夕べにつぼむことをせず、咲いたら咲きっぱなしで何日もいることから、あの人のことを何といったらいいのかしら、武蔵野に咲くうけらの花が、昼夜の区別なく咲くように、夜昼の区別なく求めてくるのよ…くらいの意味かもしれない。

ところで、右の歌の「あど」は万葉集の東歌に多く見られる副詞で、「何と、どう」の意味の東国語。


上毛野《かみつけの》安蘇《あそ》の眞麻群《まそむら》かき抱《むだ》き寝《ぬ》れど飽かぬを何《あ》どか吾《あ》がせむ

巻第十四　三四〇四

巻第十四では訛りを忠実に表記しようという意図がうかがえ、また右の「寝る」は東国では男女の共寝の意に用いられることが多く他の巻ではほとんど見られず、中央の貴族層が決して使わなかった性愛歌といってよいという。

巻第十四の東歌の二百三十首の面白さは、素材を重視し、繊細さに欠け荒けずりで卑俗な場合もあるが、そこに力強い生命力を覚えるとの佐佐木幸綱氏の説がある。

第七部　神奈川県南足柄《あしがら》市、静岡県駿東《すんとう》郡小山町、神奈川県足柄市苅野・海老名市・小田原市・足柄下郡湯河原町

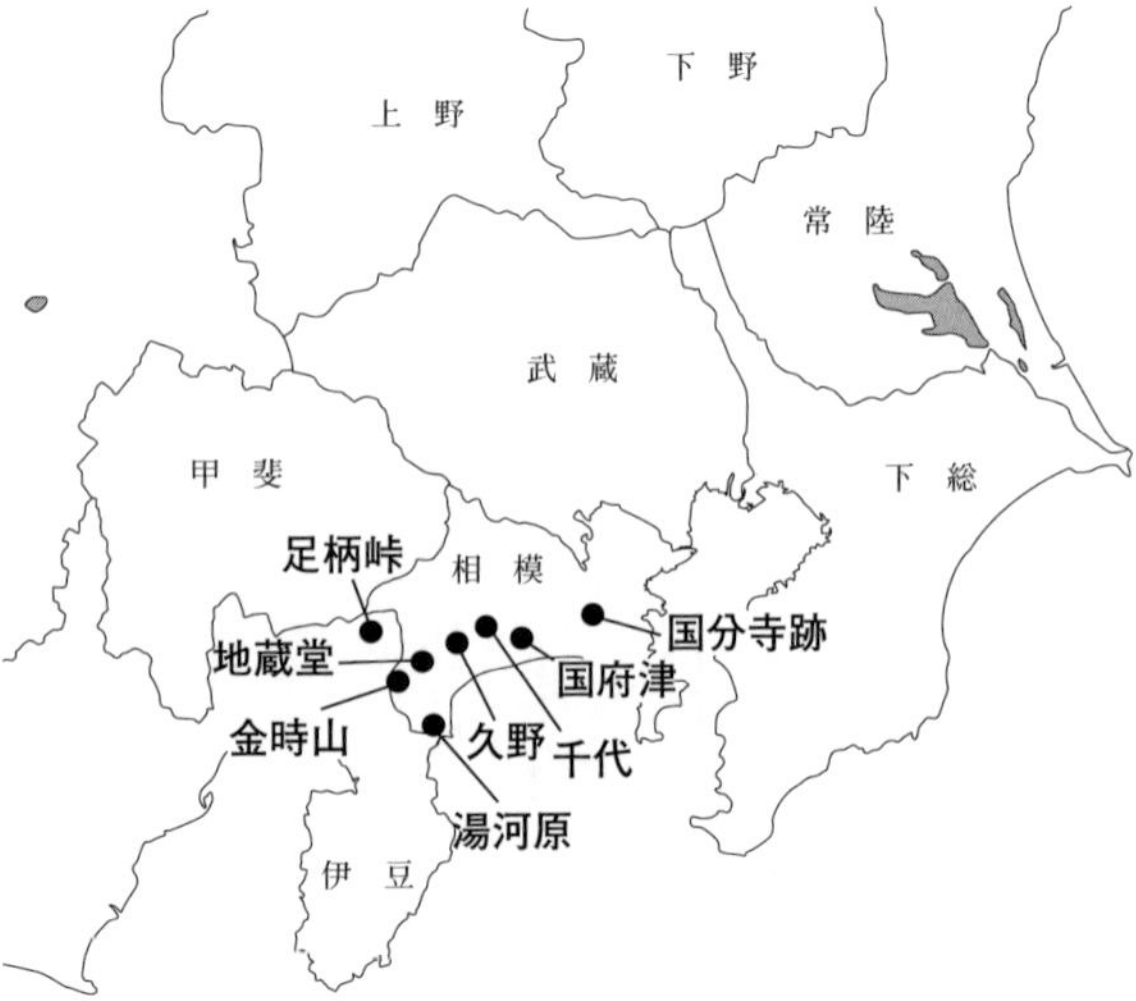
下　野
上　野
常　陸
武　蔵
甲　斐
下　総
足柄峠
相　模
国分寺跡
地蔵堂
国府津
金時山
久野
千代
湯河原
伊　豆

足柄《あしがら》の御坂《みさか》畏《かしこ》み

足柄の御坂（足柄峠）

（大雄山駅バスターミナル。神奈川県南足柄市関本五九二の一。箱根登山バス→三〇分。地蔵堂。神奈川県南足柄市矢倉沢二三七六→徒歩八〇分。「足柄万葉公園」バス停→徒歩六分。聖天堂《せいてん》。足柄峠。静岡県駿《すん》東郡小山《おやま》町竹之下三六四九→徒歩六分。「地蔵堂」バス停。箱根登山バス→三〇分、「足柄神社前」バス停→徒歩五分、足柄神社。神奈川県南足柄市苅野二七二→徒歩五分、「足柄神社前」バス停。箱根登山バス。南足柄郵便局前バス停。神奈川県南足柄市関本一五六）

足柄《あしがら》の御坂《みさか》畏《かしこ》み曇夜《くもりよ》の吾《あ》が下延《したば》へを言出《こちで》つるかも　巻第十四　三三七一

足柄峠にある万葉公園にこの歌碑が立っていた。

「足柄の御坂」とは足柄峠のことで、足柄峠を支配している神を恐れ謹んでひそかに自分の心中に包み隠していた恋人の名を告げてしまったというのである。

足柄峠は相模国と駿河国の国境である以上に、東の国々の出入り口の峠であった。

東の国とは、本来東海道の足柄峠、東山道では碓氷峠を東の国の国境としていたが、律令時代になると大和からみて東海道の鈴鹿関（伊勢）、東山道の不破関（美濃）以東の国々をいった。

足柄峠は東海道の境であるとともに最高の難所でもあり、最高最大の境、難所であればあるほどその峠を支配している神は恐れられ、峠の神を丁重に祀ることで峠を越えて行くことが許されると信じられていた。

折口信夫氏は次のように述べている。


道の神は、秘蔵の「物」・「思ひ」を欲しがり、知りたがるものと信じて、旅中、峠・

海峡などに於いて、思ひ人の名を言ふ事があった。信仰と、社会生活との間に横はる、二つの制裁におびえた古代人の心である。

『折口信夫全集』第十三巻

旅の無事を祈り道の神に捧げる手向けぐさとして幣《ぬさ》を手向けるだけでなく、「松ヶ枝」「草の根」を結ぶのも手向けであり、特に畏怖すべき境の神には、自分の最も大切なものとして、心中に秘めた思いを告白し手向けることがあったという。

足柄《あしがら》の坂本《さかもと》に到《いた》りまして、御粮《みかれひ》食《を》す処《ところ》に、其《そ》の坂神《さかのかみ》、白《しろ》き鹿《か》に化《な》りて来立《きた》ちき。爾《ここ》に即《すなは》ち其《そ》の咋《を》し遺《のこ》れる蒜《ひる》の片端《かたはし》以《も》ちて、待《ま》ち打《う》ちたまへば、其《そ》の目《め》に中《あた》りて、乃《すなは》ち打《う》ち殺《ころ》しつ。故其《かれそ》の坂《さか》に登《のぼ》り立《た》ちて、三《み》たび嘆《なげ》かして詔《の》去りたまひしく、「あづまはや」とのりたまひき。故其《かれそ》の国《くに》に号《なづ》けて阿豆麻《あづま》と謂《い》ふなり。

『古事記』中巻

足柄の坂本は足柄峠の麓で、相模国第一の駅馬が置かれた現在の南足柄市関本といわれる。

東方の蝦夷を平定し帰還途中の日本武尊《やまとたけるのみこと》は足柄峠の神を服従させ峠に立って、彼の渡海を助けるために走り水の海に入水した弟橘媛を偲び「吾妻はや」と心中の想いを言葉に出して叫び、足柄峠への手向けとした。


碓日嶺《うすひのみね》に登《のぼ》りて、東南《たつみのかた》を望《おせ》りて三《み》たび歎《なげ》きて曰《のたま》はく、「吾嬬《あづま》はや」とのたまふ。……故《よ》因りて山《やま》の東《ひむがし》の諸 国《もろもろのくに》を號《なづ》けて、吾嬬国《あづまのくに》と曰《い》ふ。

『日本書紀』巻第七

日本武尊は碓氷峠を越える際も、峠の神への手向けとして弟橘媛への想いを告白している。

この『古事記』『日本書紀』により、東海道、東山道における東の国境を知ることができるという。

大和から赴任して東国へ下る官人も、逆に防人などに召された東国の人々も老若貴賤に関係なく皆この足柄峠を越えた。
そこで足柄峠の麓である関本からバスで足柄峠を目指す。途中、地蔵堂から峠まではかなりの急坂であった。峠にある万葉公園には、ひっそり慎ましく下向きに咲く花弁の小さいマメ桜を背にした歌碑が立つ。

足柄《あしがら》の御坂《みさか》に立《た》して袖振らば家《いは》なる妹は清《さや》に見もかも

巻第二十　四四二三

歌碑はないがこの妻が唱和した歌がある。

色深《いろぶか》く背《せ》なが衣《ころも》は染《そ》めましを御坂《みさか》たばらばま清《さや》かに見む

巻第二十　四四二四

足柄峠は標高七五九メートル《メートル》。目の前に聳える矢倉岳と右手の金時山を結ぶ馬の背のような稜線をいう。

むっくりした矢倉岳の右下方に新松田方面を見はるかすことができるが、夫の歌の「埼玉《さきたま》郡の上丁藤原部等母麿《ともまろ》のなり」とある埼玉郡は埼玉県北埼玉郡・南埼玉郡とされ、晴れた日には遥か右前方に富士が見え、その下遥かに足柄連山を望めたであろうから、日頃見はるかしている足柄連山の中の、あの険しいといわれる足柄峠に吾が身や夫を置いてみるという、非常に視覚的で現実味を帯びた歌である。

足柄万葉公園から峠の尾根伝いに関所跡、やや真向かいの聖天堂に詣り、戦国時代の山城の跡といわれる足柄城跡に立つ。

春の雪をかぶった見事な富士山の全容と周囲の山々の大パノラマを見ることができる。峠から見る富士山は予想外に細面にたおやかに薄化粧した女性の全身像を見る想いがする。

関所跡近くから道標に従い足柄古道に入る。

「大和朝廷は、大化改新（六四五年）頃、この道を官道と定め、足柄道と名付けた。その後約千二百四十余年にわたり親しまれ、また恐れられた峠道であった…」と案内板にある足柄道は南足柄市関本から地蔵堂を経、この足柄峠を越え、矢倉岳の肩を越えて静岡県小山町竹之下へ下る道とされる。南足柄市により足柄峠から地藏堂までが、足柄古道として整備されている。

自動車道を時々横断しながら、杉、桧が鬱蒼と繁るかなり急な山道を足元に注意しながら下る。

野苺の白い莟はまだ堅く、下枝が落とされ空に向かって真っすぐ立つ杉木群に万葉の歌が髣髴としてくる。

わが背子《せこ》を大和へ遣《や》りてまつしだす足柄山の杉の木《こ》の間か

巻第十四　三三六三

百《もも》づ島《しま》足柄小舟《をぶね》歩行《あるき》多み目こそ離《か》るらめ心は思《も》へど

巻第十四　三三六七

足柄《あしがり》の安伎奈《あきな》の山に引《ひ》こ船の後引《しりひ》かしもよここば来《こ》がたに

巻第十四　三四三一

足柄山は船材になる良質な杉の産地としても知られ、この杉材で造った船は軽くて船足が速く、また腐食にも強いと知られていた。

当時の造船技術からすると山中で木を伐りその場で刳《えぐ》り船を造り、山から引き下ろす時、前から引くだけでは転落してしまうので、後からも引きながら傷つけないよう、そろそろ引きおろす。

それと同様に、帰る夫の後を引いて、たまの逢瀬を長引かせたいというのである。

さて、足柄峠を下る道は次第に険しさを増し、おびただしいほどのむきだしの木の根を痛々しくも踏み、また滑り止めになってもらいつつ雨水の流れ跡やそれによる小崩落を見ながら、小暗き杉群の中を歩めば昔の旅人の苦労が少しは実感され、至る所で無事この峠を越えることができるよう、坂の神に手向けをしまた峠の頂きで重ねて手向けをしたくなる気持ちがわかる。


足柄《あしがら》の坂を過ぎて死《みまか》れる人を見て作る歌一首

小垣内《をかきつ》の　麻を引き干《ほ》し　妹《いも》なねが　作り着《き》せけむ　白栲《しろたへ》の　紐をも解かず　一《ひと》
重《へ》結《ゆ》ふ　帯を三重結ひ　苦しきに　仕へ奉《まつ》りて　今だにも　国に罷《まか》りて　父母も
妻をも見むと　思ひつつ　行きけむ君は　鳥が鳴く　東《あづま》の国の　恐《かしこ》きや　神の御《み》
坂《さか》に　和膚《にきはだ》の　衣寒《ころもさむ》らに　ぬばたまの　髪《かみ》は乱れて　国問へど　国をも告《の》らず
家問へど　家をも言はず　大夫《ますらを》の　行《ゆき》のまにまに　此處《ここ》に臥《こや》せる

巻第九　一八〇〇

屋敷内の麻を引き干して、妻が縫い上げ着せたであろうか。

行き倒れた人を悼む歌が「衣」から歌い出されているのは、「衣」にはふるさとで待つ妻の魂がこもっているという信仰とともに、慰霊、鎮魂のために行き倒れの人に衣を手向ける民俗が重なっているという。

万葉第四期の、橘諸兄の庇護下にあった最後の宮廷歌人といわれる田辺福《たなべのさき》麻呂歌集（天平十年＝七三八頃のもの）の歌である。

このころ天然痘のパンデミック（天平九年〈七三七〉）が起こっており、聖武天皇は平城京から恭仁へ、恭仁から紫香楽へ難波へと都遷りにあけくれていた。
これより先、元明天皇和銅四年（七一一）九月に、平城京造営のため徴発された諸国の役民が疲れ果て逃亡が続出したため、翌年正月次の詔《みことのり》が出されている。

諸国《くにぐに》の役民《やくみん》、郷《がう》に還《かへ》らむ日、食料《じきりやう》絶《た》え乏《とも》しくして、多く道路《だうろ》に饉《う》ゑて、溝壑《こうがく》に転《まろ》び塡《うづも》ること、その類《たぐひ》少なからず。国司《こくし》ら勤《つと》めて撫養《ぶやう》を加《くは》へ、量《はか》りて賑恤《しんじゅつ》すべし。如《も》し死ぬる者有《ひと》らば、且《しばら》く埋葬《まいさう》を加へ、その姓名を録《しる》して本属《ほんぞく》に報《つ》げよ。

『続日本紀』巻第五　和銅五年正月

したがって恭仁京造営などに関わる役民で、平城京造営時同様、行き倒れる者が少なくなかったのではないかという。
「国問へど　国をも告《の》らず　家問へど　家をも言はず」と行き倒れの人に国や家を尋ねるのは本来、家を問い名を尋ねるのは求婚の意志表示だが、行き倒れの人に対しては魂呼ばいの呪術となり、さらには、その人の霊を慰め魂を鎮める表現として慣用されるようになったという。

「家と名を問う」ことから、福麻呂が「国と家を問う」かたちへ、共同体的発想から律令社会的発想へと発展させているのは、右大臣橘諸兄の使いとして天平二十年（七四八）越中に赴いており（巻第十八、四〇三二～四〇三五）、東国にも同じような使いで赴いた律令官人としての旅の道中であったからといわれている。


足柄《あしがら》の箱根《はこね》飛び越え行く鶴《たづ》のともしき見れば倭《やまと》し思ほゆ

巻第七　一一七五

苦しい足柄峠越えをしていよいよ東の国うちの、相模国に辿り着いた今、足柄下郡の箱根山を西の方へ飛び越えていく羨ましい鶴の姿を見ていると懐かしい大和国が偲ばれる。

東から出て行く人々にとっても、また東へ入っていく人々にとっても足柄峠は心理的にも大きなけじめの出入り口であった。

地蔵堂からバスで関本に戻る途中、「足柄神社前」バス停で下車、見上げるような急坂を上ると足柄神社が鎮座していた。

朱雀《すざく》天皇天慶三年（九四〇）に明神ケ岳に奉斎、時代とともに足柄峠、矢倉岳と遷座し、鎌倉末に現在地に遷座したと伝えられる。

前方に矢倉岳、金時山の眺望を楽しむことができる。


足柄《あしがり》の崖《まま》の小菅《こすげ》の菅枕《すがまくら》何故《あぜ》か巻《ま》かさむ児《こ》ろせ手枕《たまくら》

巻第十四　三三六九

「まま」は東国で使われた語で、崖、土手、斜面などをいう。

南足柄市怒田《ぬた》では台地の端が「まま」になっており、その下の地名が「壗下《ましした》」となっている。バス停「県立足柄高校前」で下車。堀川橋のたもとで振り返ってみると、道のきわまで崖になっている。崖を登ってみると、今では崖の傾斜地が蜜柑畑になっていた。

菅枕は菅畳とともに神霊の依代《よりしろ》となるとされており、この歌は菅を刈って菅枕をつくる時の作業歌かといわれている。

歌中「あしがり」「まま」「あぜか」と方言や訛りが詠い込まれ、地方色豊かな歌となっている。

すでに述べたように、足柄峠は狭義でいうところの、東の国々の国境とされていた。『万葉集巻第十四』には、その東の国の人々の歌が集められている。

以下、（ ）内は概略であるが、東海道に属する遠江（静岡県）・駿河（静岡県）・伊豆（静岡県）・相模（神奈川県）・武蔵（埼玉県、東京都、神奈川県）・上総（千葉県中部）・下総（千葉県、茨城県南部）・常陸（茨城県北・東部）八国と、東山道に属する信濃（長野県）・上野《こうずけ》（群馬県）・下野《しもつけ》（栃木県）・陸奥《むつ》（福島県、宮城県、岩手県、青森県）の四国の順に、東国として計十二国の歌が一括して二百三十八首収められており、そのうち上野の二十五首が一番多く、次に多いのが相模の十五首であるという。

十五首中、足柄関係の歌が十首も占めるのは、一説に足柄峠が東の国の出入り口で、大和朝廷にとり足柄の神の向背は重大な問題なので手厚く祀られ、足柄の通俗歌が多く集められたとの説がある。

それでは相模国府はどこにあったのだろうか。海老名市国分に相模国分寺跡という国指定史跡がある。

聖武天皇は各国府の所在地に国分寺を設置し、鎮護国家・鎮災到福を説く仏教を中央集権・民衆支配のための精神的支柱にしようとした。

したがって相模国府は相模国分寺付近にあったと思われるので、海老名にあるという相模国分寺跡に行ってみることにした。

相模国分寺跡

（相模線、海老名駅下車。神奈川県海老名市上郷。相鉄・小田急駅東口↓徒歩。一五分。相模国分寺跡。神奈川県海老名市国分南一の一九↓小田急電鉄、海老名駅。神奈川県海老名市めぐみ町一の一↓厚木駅下車。神奈川県海老名市河原口一の一の一）

聖武天皇は各国府所在地に国分寺を建てたというから、相模国分寺跡という国指定史跡がある海老名市国分に行ってみることにした。

相模線の海老名駅下車。東口へ出ると左前方に座間丘陵が望める。十五分ほど歩くとこの丘へ登って行く急坂となり、登りきった右側に相模国分寺跡の案内板が立っていた。

跡地内に七重塔跡の基壇と十個の礎石が復元され、伽藍配置は七重塔と金堂が東西に並び、道路を隔てた北側に「国分寺講堂址」の低い石碑が立っていた。

国分寺（全国、七四一～七七〇に造立）の伽藍配置の多くが塔、金堂、講堂を縦に並べた唐式なのに対し、ここは塔と金堂を

相模国分寺跡

横に並べた法隆寺式であった。

礎石は丹沢方面から運ばれ、基壇の切り石は相模川上流から運ばれたと推定されているとあり、基壇に立ってみると東側が駅から見たように高台になっており、高台を右肩にして西南が低くなっていて花曇りでおぼろではあるが、西方に丹沢山塊を望むことができた。

ところで、次のような歌がある。


相模嶺《さがむね》の小峯《をみね》見かくし忘れ来《く》る妹が名呼びて吾《あ》を哭《ね》し泣くな

巻第十四　三三六二

相模嶺は相模国の国魂がこもる山の意で、延喜式内の阿夫利神社が祀られる大山（一二五二メートル、伊勢原市大山）をいう。

「小峯」は愛称であろうか。「見かくし」は『日本古典文学大系』（岩波書房）の補注によれば、諸本に「見所久思」とあるが、「所」は「可」の誤であろうとし、「見ることを隠す」つまり見てみないふりをすることとしている。

しかし「見所久思」と読み、「見退くし」、遠く見やる、見はるかすとして、相模国魂がこもる相模嶺を遠く見はるかして、相模国といよいよ別れていく際に、ようやく忘れかけてきた愛する妻の名を呼んでふるさとの山に別れを惜しんでいくという信仰儀式の際の歌とする説がある。

そこで「大山」を目指す。小田急電鉄で厚木駅下車。駅から一つ目の信号を渡り細い路地から階段を四、五段上り、土手の桜樹が爛漫と咲いているのを目安に相模川の土手に出る。大きな相模川を隔て右手に丹沢連峰、その左手に一段と大きく大山を望むことができる。

しかし、十五首も東歌がありながら、相模の国魂がこもる相模嶺の歌が一首しかないのは、常陸国の筑波山、駿河国の富士山など、それぞれの国府から望む国魂のこもる山の歌の数に比べ他国に例がないという。

こうした東歌の状況などからすると、海老名の国府説は疑わしいとされ、小田原市の下曽我遺跡などから足柄国府説が主張されだし、海老名国分寺を否定し初期国分寺として小田原市千代台にある古代寺院千代廃寺が挙げられているという。
そこで千代廃寺跡を訪ねてみることにした。

千代《ちよ》廃寺跡・久野《くの》一号古墳

（東海道線、国府津《こうづ》駅下車。神奈川県小田原市国府津四丁目一の一。御殿場線↓下曽我駅下車。神奈川県小田原市曽我原八〇五の一↓小田原行バス、千代小学校前下車。神奈川県小田原市千代六八七↓千代廃寺跡。神奈川県小田原市荻窪三〇〇。伊豆箱根鉄道大雄山線。小田原駅↓二一分。五百羅漢駅下車↓徒歩二五分、玉宝寺の北＝久野一号古墳。神奈川県小田原市穴部四四）

国府津から御殿場線で下曽我駅下車。小田原行バスで千代小学校前下車。バスで下ってきた台地を上り、バス停小田原警察署上府中駐在所の手前、左側の高台に千代廃寺跡の説明板が立っていた。
周辺は蜜柑畑や宅地になってしまっていて国分寺跡の面影はほとんどなかった。

説明板によると、この台地の畑から古瓦、土器片、礎石が多数出土し、観音屋敷、塔の腰、またバス停の名前にもみられる府中などの地名が、礎石の規模の雄大さ、出土古瓦が奈良時代から平安時代初期のものであること、伽藍配置も法隆寺式伽藍配置の海老名国分寺とは違い国分寺式で、初期国分寺に合致し、千代廃寺が初期相模国分寺ではないかと考えられるようになったというのである。

初期相模国分寺をこの千代廃寺とすれば、相模国府は足柄国府説が有力となり、相模国の東歌の多くが足柄の歌であることもうなづける。

千代廃寺跡

この千代台からかつては、足柄平野を一望できたのであろう。台地を下り千代小学校あたりになると、箱根や足柄峠があいにくの雨にけぶって見える。

この足柄平野の西端、箱根外輪山の、明神岳（一一六九メートル）のゆるやかな傾斜をなす裾野に幾つかの洪積丘陵があり、その一つに久野諏訪原古墳群（古墳時代後期・六〜七世紀の高塚式古墳）があるという。

これらは後に相模国に統一されたという師長国のリーダーと、その配下の地域の有力者たちのもので、久野百塚とも呼ばれ沢山の古墳が集中していたらしい。

中でも久野一号古墳は百塚の王、または王塚と呼ばれ、古墳群中最大であり、また古墳群の先端にあるために足柄平野のどこからでも見ることができるという。

足柄《あしがら》の彼面《をても》此面《このも》に刺す罠《わな》のかなる間しづみ児《こ》ろ吾《あれ》紐解く

巻第十四　三三六一

人々は師長国の領有者たちの墓を見上げつつ、あたり一面雑木林の足柄平野をかけ巡り、そちこちに罠をかけては獲物を得たであろうし、獲物のかかる鳴き声や人々の歓声を聞きつつ、そっと雑木林の中で恋を楽しむという、実に開放的で健康的なこの雰囲気は豊かで恵まれた土地柄なのだろう。

さて大雄山線で五百羅漢駅下車。駅員の指示どおりにゆるやかな坂を二十分ほど上る。右に丹沢、左に箱根の山々が急に降り出した雨に霞んで見える。

やがて久野排水池前に出、その隣に久野一号古墳の案内板が立っていた。

こんもりした円墳だが、古墳の前に道路がきられ、周辺は宅地となってしまっていて案内板がなければ見落としてしまう。

下部円周約一三〇メートル《メートル》、直径約四〇メートル《メートル》、高さ約八メートル《メートル》で丘陵上に封土を円形に盛り上げた高塚式古墳であるという。

丘陵上の、円形に盛り上がった頭の周辺についている細道に沿って巡ってみた。

古墳上には楢《なら》、櫟《くぬぎ》などの雑木が芽を吹きだし始め、鉢巻をしたように巡らされた小道には古墳の頭を飾るように木苺が白い清楚な花をつけていた。

湯河原谷《ゆがわら》

（東海道線、小田原駅→湯河原駅下車。神奈川県足柄下郡湯河原町宮下六七〇→箱根登山バス、奥湯河原方面行。一五分。バス停「落合橋」下車。神奈川県足柄下郡湯河原町宮上）

東歌は巻第十四に集大成されており、相模国の人々の歌も上野国に次いで十五首と多い。

万葉集は、古代大和朝廷を中心に大和地方の歌を集めるとともに、大和地方以外の国々の人々の歌をも集めているが、東歌はそれらともまた一味違ったものとなっている。

足柄《あしがり》の崖《まま》の小菅《こすげ》の菅枕《すがまくら》何故《あぜ》か巻《ま》かさむ兒《こ》ろせ手枕《たまくら》　巻第十四　三三六九

百《もも》づ島《しま》足柄小舟《をぶね》歩行《あるき》多み目こそ離《か》るらめ心は思《も》へど　巻第十四　三三六七

足柄《あしがり》の箱根の嶺《ね》ろの和草《にこぐさ》の花つ妻《づま》なれや紐解かず寝《ね》む

巻第十四　三三七〇

足柄《あしがり》の吾《わ》を可鶏《かけ》山の殻《かづ》の木の吾《わ》をかづさねも殻割《かづさ》かずとも

巻第十四　三四三二

右のように東歌はそれぞれの方言（・印）がそのまま詠み込まれ不思議な音効果をあげるとともに、粗野な生命感があふれ、多くが恋愛歌であること、またほとんどが上の句でその国の名や土地の名、自然の景物などを同音や異音をくり返しながら表現して長い序詞とし、下の句で一挙に心情を述べることが多いという。

要するに東国農民が酒盛りや歌垣、道路を造るなどの共同作業をする時、その場の熱気の中から生まれた即興の歌を投げかけ、打ち返す。

そういう集団の中から、自然発生的に生まれた民族歌謡、要するに民謡なので、作者不明であり、民衆の共有財産として口伝えに歌い継がれたものだという。

この東歌の一つで、湯河原を詠んだ歌がある。

足柄《あしがり》の土肥《とひ》の河内《かふち》に出づる湯の世にもたよらに兒《こ》ろが言はなくに

巻第十四　三三六八

足柄の土肥は足柄下郡湯河原町、明治頃まで吉浜、真鶴などをふくめ広く土肥村といったという。

歌意は、土肥の川べりに湧く湯が揺れ動いて出てくるように、二人の仲が揺れ動いてしまうなんてあの娘は言わないのだが…（私は心配で仕方がない）。

さて、小田原から東海道線で湯河原駅下車。駅前から箱根登山バス奥湯河原行で十五分、落合橋で下車。藤木川に架かる落合橋を渡ると万葉公園入口で、脇に右の歌の大きな歌碑が立っていた。

土肥の河内とは湯河原町の千歳川をはさむ湯河原谷であるという。さきほどの藤木川にこの千歳川が流れ込んでいるのだが、千歳川の渓流沿いに散策路ができている。散策路には沢山の植種が、また万葉集ゆかりの草木が植えられており、「足柄の崖の小菅の菅枕何故か巻かさむ兒ろせ手枕」と詠われている「菅」が細く長い葉を緑つややかに繁らせていた。

菅、湯河原谷

さて湯河原は関東屈指の温泉地。万葉公園そばの高台にある町営共同浴場で足柄古道散策による疲れを癒して帰った。

第八部　大分県中津市・別府市・由布市・竹田《たけた》市

倉無の浜
分間の浦
福　岡
朽網山
(久住山)
木綿の山
佐　賀
大　分
岡城跡
長　崎
熊　本
宮　崎
鹿児島

赤裳《あかも》ひづちて植ゑし田を

倉無《くらなし》の浜

（小倉駅日豊本線→中津駅下車→タクシー一〇分、三キロ。闇無浜《くらなしはま》神社。大分県中津市大字角木《つのぎ》四四七）

吾妹子《わぎもこ》が赤裳《あかも》ひづちて植ゑし田を刈りて蔵《をさ》めむ倉無《くらなし》の濱

巻第九　一七一〇

柿本人麿が筑紫に下向したことは、巻第三の三〇三・三〇四の題詞に、「柿本朝臣人麿、筑紫国《つくしのくに》に下《くだ》りし時、海路にて作る歌二首」とあるので確かであるが、この二首以外に

闇無浜神社

は筑紫の歌を残していないようである。

ただ人麿歌集では「吾妹子が赤裳ひづちて（一七一〇）」の歌に「或いは曰《のたま》はく、柿本朝臣人麿の作なりといへり」と左注を付けているという。倉無の浜については、未詳といわれているが、大分県中津市角木町の海岸とする説がある。

以前から九州の万葉紀行を考えていたが、やっと叶う。まずはこの人麿ゆかりの地を出発点にしよう。

山陽新幹線で小倉駅下車。小倉駅から日豊本線で中津駅へ。中津駅から車で歌碑が立てられているという闇無浜神社へ向かう。

三《メートル》ほどの高さの防波堤の脇下一角、こ

んもりと松が繁り奥に古いお社。下馬札手前に万葉歌碑が立っていた。

社の背後にはすでに刈り取りを終えた田が連なる。その後ろに海の防波堤。この、海を背景とした田に入って田植えをする女性の姿を「赤裳ひづちて（赤裳に泥をつけて）」と官能的に詠んでいる。

昔はあさりがよく採れ、神社脇から遠浅の海へ入り潮干狩りができたが、かつてポンプで稚貝まで採ってしまい、今では全く貝が採れなくなったという。

このあたりも今では、こしひかり・ささにしきを植えているとのこと。

分間《わくま》の浦

（闇無浜神社→タクシー一〇㌔、一五分。田尻港。大分県中津市大字田尻二八二〇―八）

ところで『万葉集巻第十五』には天平八年（七三六）四月、新羅に遣わされ、翌年一月に帰京した遣新羅使たちの歌百四十五首がみられるが、これらは我が国最古の海路における紀行文学といわれている。

佐婆《さば》の海中《わたなか》にして、忽に逆風に遭ひ漲浪《ちやうらう》に漂流す。経宿して後に、幸に順風を得て、豊前国の下毛《しもつみけ》郡の分間《わくま》の浦《うら》に到着す。是《ここ》に追ひて艱難を怛《いた》み、悽惆《せいちう》して作る歌八首

大君の命恐《みことかしこ》み大船の行きのまにまにやどりするかも

巻第十五　三六四四

右の一首は、雪宅麿《ゆきのやかまろ》のなり。

吾妹子《わぎもこ》は早も来《こ》ぬかと待つらむを沖にや住まむ家つかずして

巻第十五　三六四五

前者は雪宅麿（伝不詳）、後者は詠み人知らずの歌である。

分間の浦は、大分県中津市東部、日豊本線東中津駅の北方約二キロの地で、今では中津港または田尻港といっているあたりのようである。闇無浜神社から車で田尻港へ。途中に工業団地ができていた。すべて埋め立て地であるという。この一、二年で護岸工事が終わったという田尻港からは、おりからの快晴で遠く本州方面を船が行き来

するのが見える。

左手湾岸は、海の中へ向かってかなり遠くまで埋め立てられ、工事地帯やゴミの焼却場になっているようである。

その根元を見ると海へ少し突き出たところまで松林が続いている。運転手さんに聞くと昔は松林まででその先はなかったという。

遣新羅使たちは、この沖合で逆風に遭い漂流し、翌日の順風で、松林の続く分間の浦に流れ着いてホッとしたのであろう。

海の水は海底が透けて見えるくらいきれいで、港で釣りをしている人の魚籠には「ちびら」という五《チセン》ほどの魚が二十匹ほど。三杯酢《さんばいず》にして食べるとおいしいという。

「吾妹子は早も来ぬかと待つらむを…」という遣新羅使たちの心境とはほど遠いのどかな風景であった。

木綿《ゆふ》の山

（日豊本線別府駅→タクシー二〇分、一五《キロ》。志高湖《しだかこ》。大分県別府市志高四三八〇の一

→タクシー三〇分、一五キロ。由布院駅。大分県由布市湯布院町川上→タクシー五分、四キロ。由布院青少年スポーツセンター。大分県由布市湯布院町川西一二〇〇の一）

少女《をとめ》らが放《はなり》の髪を木綿《ゆふ》の山雲なたなびき家《いへ》のあたり見む

巻第七　一二四四

木綿の山は、大分県別府市と大分県湯布市との境の由布岳（一五八三メートル）をいい、歌碑が城島《きしま》高原南西の志賀湖畔にあるという。

日豊本線で中津駅から別府駅へ向かう。別府駅からタクシーで「志高湖畔」バス停まで行く。

バス停前の国民宿舎脇の小高い丘の上に、歌碑が由布岳と向き合うようにして立っていた。

ここから見る由布岳は豊後富士の名にふさわしく美しいが、「少女らが放の髪を木綿の山」と詠われた山頂の二峰はほとんど目立たず、むしろ湯布院駅前の山容の方がこの歌にふさわしい。

森本治吉書の歌碑は書の彫りが浅く読みにくいのが残念だが、それだけ素朴感があった。

眼下の杉木立の山ふところに、ひっそりと包みこまれるように沈んでいる志高湖がある。数羽の白鳥が水紋を漂わせて泳いでいる湖の姿は、幻想的であった。

湖畔からタクシーで湯布院青少年スポーツセンター手前の由布高原荘を目指す。途中由布岳の中腹あたりに霧見台と称するところがある。この辺から下の人家のある盆地一体は、特に秋の早朝、一面に霧がかかり十時頃には晴れてしまうという。

由布岳にいつもの雲がたなびいて、わが家のことをつぶさに見ているだろう…とは、由布岳とこの山にいつもかかる雲への親しみがこめられている。

思出　時者為便無　豊國之　木綿山雪之　可消所念

巻第十　二三四一

由布高原荘の手前道路脇に、やはり由布岳に向かって、犬養孝書の万葉仮名による碑。

志賀湖畔からの優しい姿とはうって変わって、ここから見る由布岳は雄大そのもので、こんな雄大な山に降った雪も消えてしまうほどに貴方を深く思うという女心が胸に迫る。

朽網山《くたみやま》

（久大本線《きゅうだいほんせん》、湯布院駅。大分県由布市湯布院町川上↓大分駅、豊肥本線↓豊後竹田《たけた》駅。大分県竹田市会々《あいあい》）

朽網山《くたみやま》夕居《ゐ》る雲の薄れ行かばわれは戀ひむな君が目を欲《ほ》り

巻第十一　二六七四

朽網山とは、広義には豊後直入郡北境の連山で九州アルプスと称される一七〇〇メートル級の山々を、狭義にはその中の久住山・大船山・黒岳三山を、さらには九州最高峰の久住山（一七八六メートル）をさすともいう。

藤井連の任を遷さえて京に上る時に、娘子《をとめ》の贈る歌一首
明日よりはわれは戀ひむな名欲山《なほり》石踏《いはふ》み平《なら》し君が越え去《い》なば
巻第九　一七七八

藤井連の和《こた》ふる歌一首
命《いのち》をし真幸《まさき》くもがも名欲山《なほりやま》石踐《いはふ》み平《なら》しまたまたも来《こ》む
巻第九　一七七九

名欲山は、大分県竹田市北部にある木原山《きばるやま》（六六九メートル）である。この朽網山や木原山がよく眺められるのが、豊後竹田の岡城であるという。

由布院駅より久大本線で大分駅へ。大分駅から豊肥本線で豊後竹田駅へ向かうが、

夏の大雨のせいで緒方《おがた》から豊後竹田までは代行バスに乗る。

豊後竹田駅から岡城まで行く時間がなくなり、車で久住三山と木原山を見晴らせる場所まで走ってもらう。

十分ほどで久住山・大船山・黒岳がくっきり浮かび上がり、三山手前下にこんもりとした木原山を見晴らせる場所へ出る。

いずれも、現地の山々を自分の目で見て、実感として作者に共鳴しうることができ、嬉しかった。

第九部　宮崎県宮崎市、鹿児島県霧島市・阿久根市・出水郡長島町

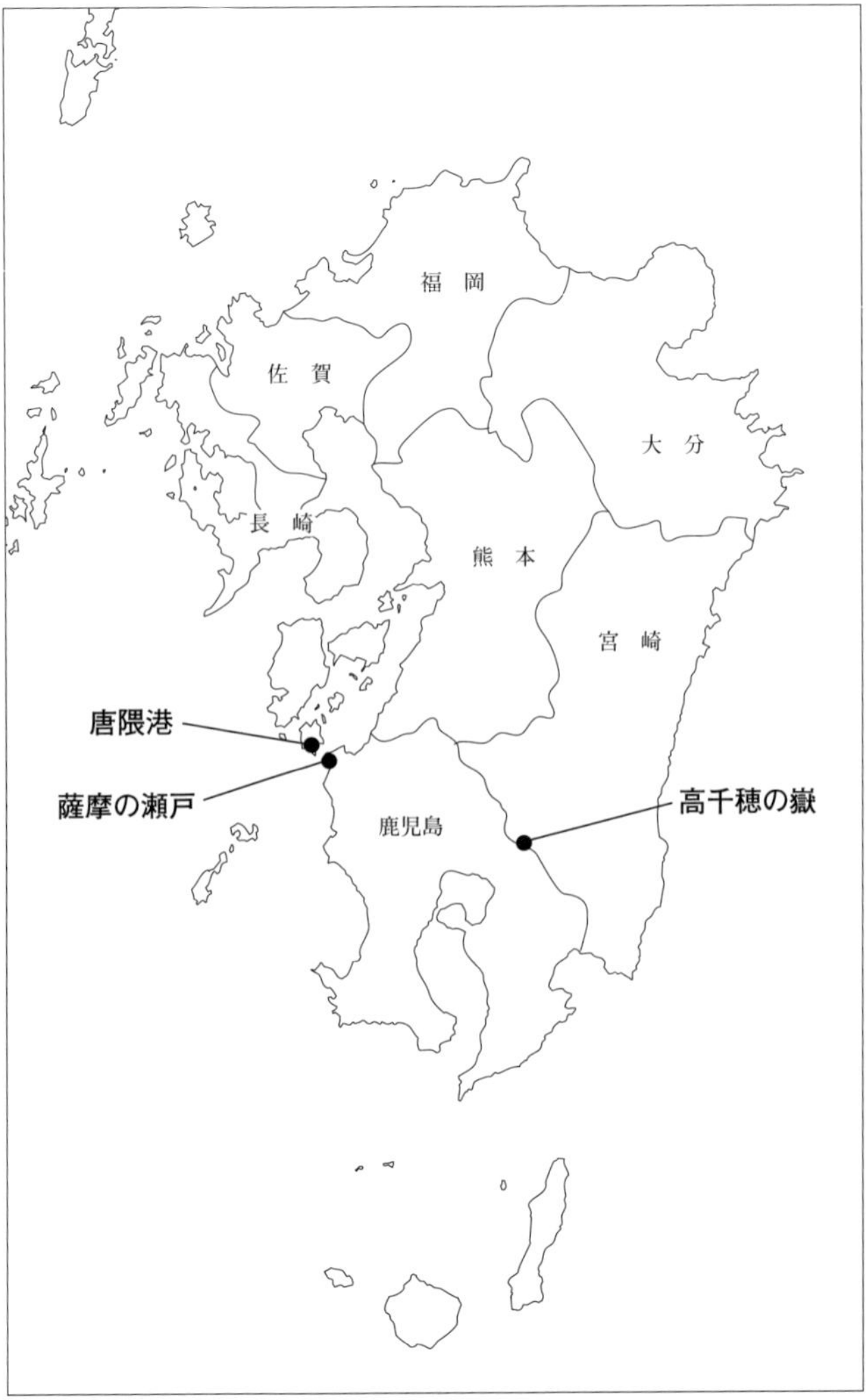
福岡
佐賀
大分
長崎
熊本
宮崎
唐隈港
薩摩の瀬戸
鹿児島
高千穂の嶽

名に負《お》ふ伴の緒《を》心つとめよ

高千穂の嶽《たけ》

（日豊本線宮崎駅。宮崎県宮崎市錦町→霧島神宮駅。林田バス→えびの高原。林田バス→林田温泉。林田バス→霧島神宮前。林田バス→霧島神宮駅。霧島神宮。鹿児島県霧島市霧島田口二六〇八の五）

族《やから》に諭す歌一首

ひさかたの　天《あま》の戸開き　高千穂の　嶽《たけ》に天降《あも》りし　皇祖《すめろき》の　神の御代より　梔《はじ》弓《ゆみ》を　手握《たにぎ》り持たし　眞鹿兒矢《まかごや》を　手挾《たばさ》み添へて　大久米《おほくめ》の　大夫健男《ますらたけを》を　先に立て　靭《ゆき》取り負《おほ》せ　山川を　磐根《いはね》さくみて　踏みとほり…　巻第二十　四四六五

磯城島《しきしま》の大和の国に明らけき名に負《お》ふ伴の緒《を》心つとめよ

巻第二十　四四六六

大伴家持の歌である。

一族の大伴古慈悲《こしび》が朝廷を誹謗したとのことで捕らえられた時、大伴宗家の主として一族を戒めるために作った歌といわれる。

高千穂嶽は宮崎県高千穂町の山との説もあるが、鹿児島県霧島市の高千穂峰（一五七四メートル）を目指す。

日豊本線の霧島神宮駅で下車。駅前から定期観光バスに乗る。このあたりは霧が立つので霧島というのだそうだが、今日は青空にきれいな三角形をした高千穂峰が際立つ。瓊瓊杵尊《ににぎのみこと》が天下りの際に逆立てたという「天の逆鉾」が、山頂の中央にかすかに認められる。

この瓊瓊杵尊を祭神とした霧島神宮は、昔は高千穂峰山腹にあったが、噴火により登山口である高千穂河原（峰まで一時間半）へ移され、さらに文明十六年（一四八四）、霧島田口の現在の場所へ移されたという。

高千穂河原には、高千穂峰を右手に大鳥居が立ち、奥に宮跡が祀られている。

霧島神宮でバスを降りる。赤松が目立つ参道を歩いていく。

島津吉貴が正徳《しょうとく》五年（一七一五）に寄進した朱塗りの社殿が、青空の下に美しい。神宮が再三移されたせいか、御神木の見事な大杉のほかは繁る木も少ない。柏手を打って礼拝する。

前掲の万葉歌碑は宮崎の高千穂町にあるが、この地にも立てて欲しいと思う。

遣唐使漂着の地・長島

（霧島神宮駅→日豊本線西鹿児島駅→鹿児島本線阿久根駅。鹿児島県阿久根市栄町一番→長島。鹿児島県出水郡長島町鷹巣一八七五の一→唐隈《とうくま》港。鹿児島県出水郡長島町城川内）

霧島神宮駅に戻り、西鹿児島駅に向かう。

車窓から久住三山を眺め、やがて隼人駅を通過。薩摩隼人といえば、敏捷勇猛、男性的な人の代名詞だが、上代の隼人は薩摩大隈地方に住み、大和朝廷に反抗、令制下では交代で上京し、衛門府に属し宮中警衛の任に当たった。

車窓からは梅檀《せんだん》や棕櫚《しゅろ》の街路樹、蘇鉄《そてつ》が目に付く。

左側に桜島が見えてくる。くっきりと稜線を描き、噴煙を雲のように噴き出している。しばし山に見惚れる。

西鹿児島駅で乗り換えて阿久根駅で下車。車で黒の瀬戸大橋を通り長島に渡るが、すでに暗闇で何も見えない。

翌朝、唐隈港に立つ遣唐使漂着之地碑を見に行く。碑は港の西端に、海を背にして立っていた。南方遥かに中国大陸があるという。

「第十二回遣唐使は、光仁天皇宝亀八年《七七七》六月、船四艘で六百人が唐に渡った。翌年帰国の途次、十一月八日の夜、嵐のため百六十人を乗せた一艘が東シナ海で損傷、六十三人が海に流された。十一日午前四時頃には帆柱が倒れ船は二つに分断、舳先《へさき》に乗っていた四十一人は飢えと寒さで瀕死《ひんし》の状態となったが、十三日夜十時ごろ肥後国天草郡西沖島長島に漂着。村人に助けられ奈良の都に帰ることができた。漂着から千二百年目に当たる昭和五十三年《一九七八》、この記念碑を建立した（要約）」と、台座に記されていた。

海の水は海底の石がつぶさに見えるほどに澄み、碑の前に咲く名も知らないオレンジ色の花とともに、南国の情緒を漂わせていた。

薩摩の瀬戸

（長島唐隈港→車、一三分、一〇キロ。薩摩の瀬戸。鹿児島県出水郡長島町山門野《やまどの》）

長島唐隈港の遣唐使漂着之地碑を後にし、車で薩摩の瀬戸へ向かう。

薩摩の瀬戸は黒の瀬戸ともいわれ、阿久根市と長島の間にある海峡で、日本三急潮流の一つとされている。十六年前に黒の瀬戸大橋が架けられたが、それまではフェリーで行き来していたという。

漁港内にかつてのフェリー発着所がある。海沿いの道を少し行くと万葉花園という立札、その前の苔むした石段を上ると小高い丘になっており、黒の瀬戸に架かる大橋を見下ろすようにして変わった歌碑が立っていた。

半円形の石の台座の上に、ブロック石を積んだ半開きの二枚屏風、その上方中央に「万葉歌碑」の文字、前下方の長方形の石に佐藤佐太郎書による歌が記されている。


隼人《はやひと》の薩摩《さつま》の迫門《せと》を雲居なす遠くもわれは今日見つるかも

巻第三　二四八

奈良朝の風流随身の一人といわれる長田王《ながたのおうきみ》が、この瀬戸を望見した時の歌である。猛々しい薩摩隼人が住んでいる瀬戸を遠く見た、はるばる来たものだなぁと感慨深く詠んでいる。

傍らに立つ案内板によれば、鹿児島県出水郡長島町山門野字渡口の丘とされ、歌碑は昭和三十四年（一九五九）六月除幕とある。

歌碑の背後は唐芋畑で、芋の取り入れを終わったばかりの茎葉があちこちにまとめられていた。芋畑の後方には、ボンタンが大きな青い実を重そうに実らせているのが印象的であった。

ここからは道端の木群に邪魔されて、黒の瀬戸を望むことも渦潮を見ることもできない。

大橋のたもとまで戻り、バス停前から展望台に上がっていく。と、視界が開け、真下に大橋、右前方に天草灘、左方に八代海《やつしろかい》を控え、阿久根市と長島にはさまれた全長四キロ《キロ》の海峡が目に飛び込んできた。

干潮時のような激しい渦潮を見ることはできないが、それでも水しぶきをあげて流れる潮の速さと、そちこちに大小の渦が巻いているまだら模様が一望される。

大宰府師《そち》であった大伴旅人は、この地まで巡視に来て、

隼人《はやひと》の湍戸《せと》の磐《いはほ》も年魚《あゆ》走《はし》る吉野の瀧《たぎ》になほ及《し》かずけり

巻第六　九六〇

と、ここの瀬戸よりも吉野の瀧（川）のほうが素晴らしいと望郷の思いに重きをおいて詠んでいる。

第十部

熊本県八代市・熊本市、佐賀県杵《きね》島《しま》郡、長崎県長崎市・南松浦郡三井楽町

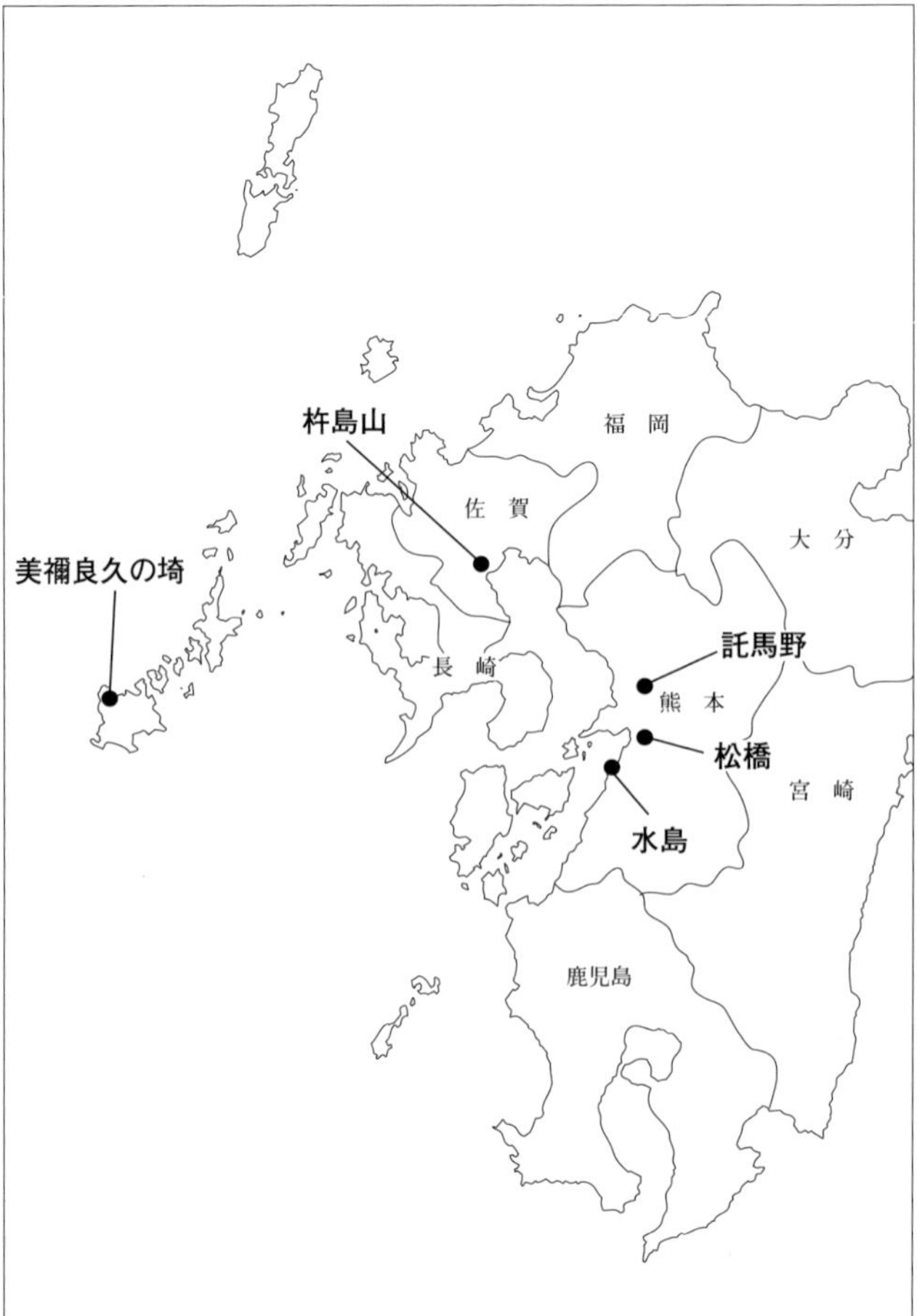
杵島山
福　岡
佐　賀
大　分
美禰良久の埼
託馬野
長　崎
熊　本
松橋
宮　崎
水島
鹿児島

水島に行かむ波立つなゆめ

水島

（鹿児島本線、阿久根駅→佐敷《さしき》駅。熊本県葦北郡芦北町大字花岡西一六五三の四→八代《やつしろ》駅。熊本県八代市萩原町一丁目一の一→車、二五分、二〇キロ。水島。熊本県八代市植柳下町・水島町）

薩摩の瀬戸展望台下からバスに乗り、阿久根駅へ。阿久根駅から鹿児島本線で佐敷駅下車。駅前から車で野坂の浦へ。

野坂の浦は熊本県芦北郡の八代海（不知火海）に面した海岸（二駅先の田浦町田浦説もある）で、途中計石《はかりいし》港（佐敷港）港内にはエビ、カニを捕るという四十艘ほどの帆掛け船が停泊していて珍しい光景を見せていた。
ここは昔から海路の要地で、その光る海を背景に森本治吉書による長田王の歌碑が立っている。

葦北《あしきた》の野坂の浦ゆ船出して水島に行かむ波立つなゆめ

巻第三　二四六

野坂の浦

芦北地方はリアス式海岸なので、人々は峠の多い陸路よりも海路を選んで行き来したと聞く。沖には二、三の小島、遥か遠くに天草諸島が霞む風光明媚な地である。
長田王はこの浦から船出して洋上、かの有名な黒の瀬戸を遥かに見やり、「隼人の薩摩の瀬戸を…」と詠んで、水島へ渡ったと思われる。

水島は八代の球磨川《くまがわ》分流の河口にある小さい島で、清水が湧いたという尊い伝説の島である。海が荒れることの多いところなのか、「波よ、決して立ってくれるな」と、長田王は無事を祈願しているのである。

さて佐敷駅から鹿児島本線で八代へ向かう。

小さな駅々にススキ穂や黄の小菊が可憐である。八代駅下車。ホルトの樹の街路樹通りをぬけ車で十五分ほどのところ、球磨川の堤防から数十《メートル》の海の中に木叢の繁る小さな島が見える。

島の前の堤防に「水島」の説明板がある。

長田王《ながたのおほきみ》、筑紫に遣《つか》はされて水島に渡る時の歌二首

聞くが如《ごと》まこと貴《たふと》く奇《くす》しくも神さび居るかこれの水島　　巻第三　二四五

葦北《あしきた》の野坂の浦ゆ船出して水島にゆかむ波立つなゆめ　　巻第三　二四六

『日本書紀』景行天皇十八年の条に「海路《うみつぢ》より葦北《あしきた》の小嶋《こしま》に泊《とま》りて、進食《みをし》す。時《とき》に、山辺阿弭古《やまべのあびこ》が祖《おや》小左《をひだり》を召《め》して、冷《さむ》き水《みもひ》を進《たてまつ》らしむ。是《こ》の時《とき》に適《あた》りて、嶋《しま》の中《うち》に水無《みづな》し。所為知《せんすべし》らず。則《すなは》ち仰《あふ》ぎて天神《あまつやしろ》地祇《くにつやしろ》に祈《の》みまうす。忽《たちまち》に寒泉《しみづ》崖《きし》の傍《ほとり》より湧《わ》き出《い》づ。乃《すなは》ち酌《く》みて献《たてまつ》る。故《かれ》、その嶋《しま》を號《なづ》けて水嶋《みづしま》と曰《い》ふ。その泉《いづみ》は猶今《いま》に水嶋の崖《きし》に在《のこ》れり」とあるのをふまえて、長田王が詠んだ歌である。

水島の脇に青い瓦葺きで柱を黄に塗った小社がある。堤防からその社までコンクリートの小さなかけ橋がかかり、社脇から縄でくくりつけた急な木梯子を降りる。幸い干潮で水島へ渡ることができた。

高さ七、八メートル、周囲四〇メートルほどの巌の塊のような島である。島の周囲の巌は崩れているが中心には大きな白い巌が立ちはだかり、島の上部には木が繁り折からの晩秋に紅葉した葉が美しい。

小左にならい巌に向かい家族の健康を祈った。

益城郡《ましきのこおり》

（鹿児島本線、八代駅→熊本駅。熊本県熊本市西区春日三の一五の一→市電交通センター下車。バス→託麻原《たくまばる》本通り下車。熊本県熊本市中央区渡鹿《とろく》二丁目六）

八代駅から熊本へ向かう。

熊本県のちょうど中央部にあたるのが益城郡で、この地の豪族出身で病死した熊凝《くまごり》青年になりかわって、山上憶良が詠んだ歌六首と序がある。

大伴君熊凝は、肥後国益城《ましきの》郡の人なり。年十八歳にして、天平三年《七三一》六月十七日に、相撲使《すまひのつかひ》其国司《それのくにのつかさ》官位姓名の従人《ともびと》と為《な》り、京都《みやこ》に参向《まゐ》ふ。為天《てん》に幸あらず、路にありて疾《やまひ》を獲《え》、即ち安藝国佐伯郡の高庭の驛屋《うまや》にて身故《みまか》りぬ。…

巻第五　八八五

出でて行きし日を数えつつ今日今日と吾《あ》を待たすらむ父母らはも

巻第五　八九〇

駅名でいえば松橋駅あたりだろうか。車窓から眺める益城郡は一面に刈り取られた田の向こうに低い山々が続く。

慈しみ育ててくれた親に先立たねばならぬ青年の心が胸を打つ。これほどまでに熊凝青年の心になりきって詠いあげた憶良に驚嘆する。

熊本駅に着く。

笠女郎《かさのいらつめ》、大伴宿祢家持に贈る歌三首

託馬野《つくまの》に生《お》ふる紫草《むらさき》衣《きぬ》に染《し》めいまだ着《き》ずして色に出《い》でにけり

巻第三　三九五

託馬野については滋賀県米原町筑摩説が有力なようだが、「託」は「タク」と訓むべきで、『和名抄』の肥後の郡名「託麻　਀久万」をあてる説もあるという。そうすれば熊本市の託麻原あたりということになる。

市電とバスを乗り継ぎ託麻原本通り下車。あたり一面人家の密集地で、紫草ならぬナンキンハゼの街路樹が紅葉し、ハート型の葉が花が咲いたように美しかった。

杵島山《きねしまやま》

（鹿児島本線熊本駅→鳥栖駅。佐賀県鳥栖市京町。長崎本線→江北駅。佐賀県杵島郡江北町大字山口一三八一の一→佐世保線大町駅下車→車で二〇分、一・七キロ。杵島山歌垣公園。佐賀県杵島郡白石町堤三七八三の一→佐世保線肥前山口駅→長崎本線、浦上駅下車。長崎県長崎市川口町→車、四〇分、三・五キロ。長崎大学医学部。長崎県長崎市坂本一の一二の四）

熊本駅から鳥栖へ、鳥栖で長崎本線に乗り換え肥前山口駅へ。ここから佐世保線で大町駅下車。車で杵島山歌垣跡地へ向かう。杵島山は白石町のはずれにあるので大町からの方が近いという。

秋の大雨で道が崩れ、普段は通らないという昔の蜜柑山を登って行く。歌垣跡地は杵島山（三四二メートル）中の三峰の中間に位置しており、ここはここで一つの山頂をなしている。

歌碑への登り口に（歌口）と記された石が立っている。小字名を（札の口）というが、この地方では古くから『歌の口』のなまり名で伝えているという。歌口から歌碑までの傾《なだ》り一面にさつきやつつじが植え込まれている。

歌碑は三段構えの立派なもので六メートルほどもあり、上段に澤瀉久孝筆の万葉仮名による歌が記されている。

霰零　吉志美我高嶺乎　険跡　草取叵奈知　妹手乎取

巻第三　三八五

古典文学大系の訓み下しによると「あられふり吉志美《きしみ》が嶽《たけ》を険《さが》しみと草とりはなち妹《いも》が手を取る　巻第三　三八五」とある。

下段に杵島曲や歌垣についての説明文が、碑の右側下段に平仮名で訓み下しの歌が記され、後側下段に白石町が中心となってこの歌碑が立てられたことが記されている。

『逸文肥前国風土記』によれば、「杵島の縣　縣の南二里に一孤山《ひとつやま》あり、坤《ひつじさる》のかたより艮《うしとら》のかたを指して、三つの峰相連なる。是を名づけて杵島と曰ふ。坤《ひつじさる》のかたなるは比古神と曰ひ、中なるは比売神と曰ひ、艮のかたなるは御子神、またの名は軍神。動けば即ち兵《いくさ》興ると曰ふ。郷閭《むらざと》の士《おとこ》女、酒を提へ琴を抱きて、歳毎の春と秋に手を携へて登り望《みさ》け、楽飲《さけの》み歌ひ舞ひて、曲《うた》尽きて帰る。歌の詞に云はく、あられふる　杵島が岳を　峻《さが》しみて　草採りかねて　妹が手を執る。是は杵島曲《ぶり》なり」

碑はこんもりとした木叢に包まれるように立っている。椎の木の緑、透き通るほどに赤く色づいた三葉楓、碑の頭を飾るようにたわわに実るヤシャブシの黒い実、その中にひっそりと隠れるように白い山茶花の花が開いている。

歌垣跡地から見る杵島山は一面の杉山で稜線はなだらかで美しい。やや下った所に歌垣公園（万葉植物園）があり、例年月見の頃に歌会を催すという見晴台のような所に立ってみる。

右前方に白石平野を左前方に佐賀平野を朧気ながら眺めることができ、北に多久の山々が霞んで見える。快晴の時は白石平野の向こうに有明海が見えるという。歌垣は本来春の農耕予祝行事であったが、豊年を祝う秋にも行われるようになった。

我が住む土地を見はるかす山に男女こぞって登り、飲み食い歌い踊り求婚の場にもなったという。

杵島山はちょっとスケールが小さいが、見晴らしの良さ、なだらかで美しい姿など常陸国の筑波山と大変似通っていて楽しくなる。去り際、道端に蝮草《まむし》が赤く色づいて首をもたげているのが印象的であった。大町駅へ戻り浦上へ。

筑前国山上憶良の神功《じんごう》皇后鎮懐石の歌の序文（万葉集　巻第五　八一二）に次のようにある。

筑前国怡土《いとの》郡深江《ふかえ》の村子負《こふ》の原に海に臨める丘の上に二つ石あり。…「或るひと云はく、此の二つ石は肥前国彼杵郡平敷の石なり、占に當りて取るといふ。」…古老相傳へて曰はく、往者《いにしへ》息長足日女命《おきながたらしひめのみこと》、新羅の国を征討し給ひし時に、茲《こ》の両《ふた》つの石を用《も》ちて、御袖の中に插着《さしはさ》みて、鎭懐と為し給ひき。…

平敷については未詳だが長崎市浦上の地との説がある。長崎大医学部門内に鎮懐石伝説にゆかりのある、神功皇后の宮殿の名にちなんだ稚《わか》桜神社があるとのことで車で医大へ。門内を探し回るが見つけることができなかった。

美禰良久《みねらく》の埼

（長崎港、長崎県長崎市元船町一七の三。九州商船フェリー↓三時間余。五島列島の福江港。長崎県五島市東浜町二の三の一↓五島バス、五五分、二四キロ↓三井楽町。長崎県五島市三井楽町）

浦上駅から長崎本線で終点長崎駅へ。駅前から路面電車に乗り大波止場駅下車。県営桟橋に出る。

長崎港から九州商船フェリーで五島列島の福江島へ向かう。夕日が海に沈んでいく時刻に出港、港を見下ろす高台に建てられた大小の建物の窓ガラスが、夕日を反して宝石のように輝く。

まもなく港湾の灯も見えなくなり、大きな潮に船ごと身体がグーンと引かれていくのが感じられ不気味である。真暗な海を白波を立てて船はひたすら走る。空には数えるほどの星の光。

千三百年ほど前に帆船で灘波津（大阪）を出立、あまたの苦労をなめながら、日本での最後の発着地である福江島の「美禰良久の埼」を出港して行った遣唐使船の人々の心の不安が浮かびあがってくる。三時間ほどで福江港に着く。

翌朝早く、車で「遣唐使船寄泊地」の碑が立つという魚津《ぎょう》ヶ崎へ向かう。この上もなく青い海と遥かな姫島を背景に、白石港を見下ろすように朝日を浴びて碑は立っていた。沢山の鳶がピーヨロピーヨロと鳴きながら空を舞い、黄枯れた草の中、浜木綿《はまゆう》の株に守られるような碑のたたずまいは静かである。

碑の手前に昭和四十四年（一九六九）建立の説明碑が立つ。遣唐使については、この碑並びに五島列島観光資料館などの資料を総合すると次のようになる。

遣唐使は唐文化輸入のために舒明天皇二年（六三〇）から寛平《かんぺい》六年（八九四）の約二百六十年間、十八回にわたり秀才・名僧などの派遣を決めたが、このうち三回は中止された。

船の材料は主に楠・杉が使われ、構造は二本のマストに網代帆という中国のジャンク型の帆船で、一艘に約百二十人が乗れた。前期には二艘、中・後期には四艘編成で合計五百〜六百人が乗り込んだ。

外交使節、船長、神主、医者、易・天文学者、大工、技師、通訳、留学生（僧）などさまざまな職種で構成されていたが、大半は櫓を漕ぐための船員が占めていたという。

粗製の絹などの織物類、銀・めのう・琥珀などの宝石・貴金属、漆、油などを贈り物として携え、唐からは香料、薬品、調度品などが贈られた。

航路は、前期は難波津から瀬戸内海を経て筑紫に至り、朝鮮半島沿岸を北上、山東半島へ向かう北路をとったが、天智天皇二年（六六三）百済救援軍が白村江《はくすきのえ》の戦いで唐・新羅連合軍に大敗、百済経由の道が閉ざされると、筑前大津浦（博多）から平戸島・種子島・屋久島・トカラ・奄美を経て石垣島あたりから東シナ海を渡って揚子江河に上陸する南島路をとるようになる。が、日数を要するので第十四次〈宝亀六年〈七七五〉〉から大津（博多）・唐津・平戸と泊まりを重ね、最後に五島に来て風待ちをした。
『肥前国風土記』には次のようにあるという。

値嘉《ちか》の郷…西に船を泊つる停《とまり》二処あり。一処の名は相子田の停といひ、二十余の船を泊つべし。一処の名は川原の浦といひ、十余の船を泊つべし。遣唐の使は、此の停より発ちて、美禰良久の埼に至り、即ち、川原の浦の西の埼、是なり。此より発船《ふなだち》して、西を指して渡る。

川原の浦とは白石湾で、湾の左手前方遥かに半島が突き出ている。その突き出たところの、現在の福江島の北西端にある三井楽町が美禰良久の埼であったという。去り際、澄み切った空と海の色を映したように咲く名も知らぬ青い花が心に残った。

ありとだによそにてもみむ名《な》にしおはゞわれにきかせよみゝらくの山
『かげろふの日記』上「みみらくの島」

いづことか音《おと》にのみきくみゝらくのしまがくれにし人をたづねん
『かげろふの日記』上「みみらくの島」

この限りなく青い空、海岸線にまで流れ出した黒い溶岩の影を映す紺碧に澄んだ海、島や湾の美しさ、そこに長閑に鳴き集う鳥たち、十一月中旬でありながら明るく暖かな日差し、黄枯れた草の中に咲く黄のつわぶきや青い花、あたり一面がパッと輝くような安らぎと美しさは、冥界もかくやと思わせるに充分である。

さて半島先端部にある柏崎灯台を目指す途中、三井楽町に入ってすぐの所に、思いがけなくも平成元年（一九八九）九月に建てたばかりの立派な万葉歌碑に行き合う。

碑は道路脇の小高い丘の上に三井楽湾を見下ろすようにして立っている。タイル石が敷き詰められた歩道から十二段ほどゆるやかな階段を上ると、高さ一米《メートル》ほどの台座の上の大石に犬養孝書の万葉歌が記されている。

筑前国志賀白水郎歌十首

王之　不遣尓　情進尓　行之荒雄良　奥尓袖振

左側にこれも立派な歌碑が立つ。

大君の遣《つかは》さなくにさかしらに行きし荒雄《あらを》ら沖に袖降る

巻第十六　三八六〇

荒雄らを来むか来じかと飯盛《いひも》りて門に出で立ち待てど来《き》まさず

巻第十六　三八六一

沖行くや赤ら小船に裹《つと》遣らばけだし人見て解きあけ見むかも

巻第十六　三八六八

など志賀の白水郎の歌十首と、大略次のような左注が記されている。

大宰府は、筑前宗像郡の百姓宗像部津麻呂を差して、対馬に糧を送る船の梶取《かじとり》に充てた。時に津麻呂、滓屋《かすやの》郡志賀村の白水郎《あま》の許に詣《いた》りて語りて曰く、僕《われ》小事《いささけごと》あり、若疑《もし》許さじかといふ。荒雄答へて曰く、走《われ》、郡を異にすれども船を同《とも》にすること、日久し。志兄弟《はらから》よりも篤し、死に殉《したが》ふにあり。あに復辞《いな》びめや…と答えて、肥前国松浦縣美禰良久崎より発船《ふなだち》して、対馬を射《さ》して海を渡った。その時忽に天暗冥くして、暴風、雨を交へ、竟《つひ》に海中に沈み没りき。これに因りて妻子等犢《うしのこ》の慕ひに勝《あ》へず、この歌を作った。

この十首、筑前国守山上憶良が代作したともいう。筑前六国（三前・三後）は対馬の島司・防人のために毎年二千石の米を交代で送る任に当たっており、船員百六十人くらいが当てられたが、六回のうち三回は漂着したという。

老百姓津麻呂が漁師の荒雄を頼るのも無理からぬ話だが、男気の強い荒雄がこれを受け帰らぬ人となったとなると、この男気をこの上なく責めたくなる妻子の口惜しさが、悲しくも滲み出ている十首である。

対馬へ行くのに荒津（博多）から直行せず、何故遠く南下し美禰良久の埼から旅立ったかは不明である。

丘の三分の一ほどを埋め尽くし金色に咲くマリーゴールドの花群に包まれて、歌碑はまるで荒雄ら白水郎の鎮魂碑のように立っている。

さていよいよ柏崎灯台を目指した。

わが子羽ぐくめ

（三井楽町。長崎県南五島市三井楽町↓半島バス。二〇分、九キロ↓柏。長崎県五島市三井楽町柏↓徒歩三分。柏崎公園）

志賀白水郎の歌碑をあとにし柏崎灯台に着く。魚津ヶ崎から遥か彼方に霞んで見えた姫島が、横に並んで見える。

さて相子田の停《とまり》（中通島上五島町相河）や川原の浦（福江島白石湾魚津ヶ崎）に寄港した遣唐使船は、藻や貝が付着して腐らぬよう船底を焼き、鮫の脂と灰を混ぜたものを塗ってから出港したという。

いずれも美禰良久の埼から唐を目指して船出していったのであるが、美禰良久の埼の先端部柏崎に立ってみると、前方にあるものは、大空と水平線で結ばれている青い果てしない海のみである。

船の準備をし風待ちをして、船出を待つのみの遣唐使の人々の不安はどれほどであったろうか。柏崎灯台の左手、低い土手を背に、果てしなく広がる海をやや斜め後ろにして、ポツンと一つの碑が立っている。思いもかけず万葉歌碑であった。

旅人の宿りせむ野に霜降らば我が子羽ぐくめ天の鶴群　　巻第九　一七九一

遣唐使に選ばれた息子を気の遠くなるような不安な旅に旅立たせねばならないが、その息子が野宿せねばならぬ野に、もし霜が降りる時は、夫婦してその子を大事にはぐくむという鶴よ、私の息子をも一緒にその羽でかばっておくれという母親の心情が切々と詠われている。

ところで、息子が唐に行き着き、また自分の所に無事帰ってくるようにということの母親の切ない願いに腕をさしのべるかのように、歌の左脇に次のように記されている。

中華人民共和国駐長崎総領事　顔萬紫　庚午初夏

この碑は中国の駐長崎総領事により一九九〇年（平成二）初夏に建てられたばかりであった。歌碑後方がちょうど中国にあたるという。

我が国のために唐文化を摂取してこようという果敢な若者と、その若者の身を気遣う親の心、そして日中友好を深めるかのように、中国の駐長崎総領事により建てられたこの歌碑。大海原を前にした最果ての地で、胸の中がほのぼのと暖かくなる。

さて、柏崎灯台の右手前小高い草原の上に、海を背にこの美禰良久の埼を見はるかすようにして「辞本涯」という大きな碑が立っている。右脇に小字で弘法大師空海之語とあり、裏面に昭和六十一年（一九八六）建立とある。

説明板によると、第十六次（延暦二十三年＝八〇四）遣唐使船に最澄・空海が留学僧として乗っていたが、空海の『遍照発揮性霊集』に「死ヲ冒シテ海ニ入ル。既ニ本涯ヲ辞シテ中途ニ及ブコロ暴風帆ヲ穿チショウ風柁ヲ折リ…」とあるという。

美禰良久から先には日本の領土はない。船出していく全ての人が今生の見納めになるかも知れない祖国最後の地美禰良久の島影を瞼の裏に焼き付け、運を天にまかせて東シナ海へ乗り出していった。「本涯ヲ辞ス」は、本土の涯を去るの感慨そのものであったろう。

七世紀から九世紀にかけて、実質十五回に及ぶ遣唐使の派遣により、唐文化のみならず、シルクロードを通り唐に入っていた古代オリエント文化が日本にもたらされ、奈良平安時代の政治・文化・宗教に大きな影響を与え、それを基にして今日の日本があることを思う時、多

「辞本涯」碑

大な経費にもかかわらず遣唐使を派遣し続けた当時の朝廷や、また大いなる危険にもひるまず、最果ての地美禰良久の埼から大海原へ船出していった人々の勇気に、日本人の原点を見た思いがする。

第十一部

三重県鈴鹿市山辺町・名張市・伊賀市阿保《あお》・津市白山町川口・津市一志《いちし》町八太《はた》・多気郡明和町《めいわちょう》・津市安濃町・鈴鹿市国府《こお》町・四日市市大宮町・四日市市大字松原・鳥羽市小浜町《おばまちょう》・伊勢市

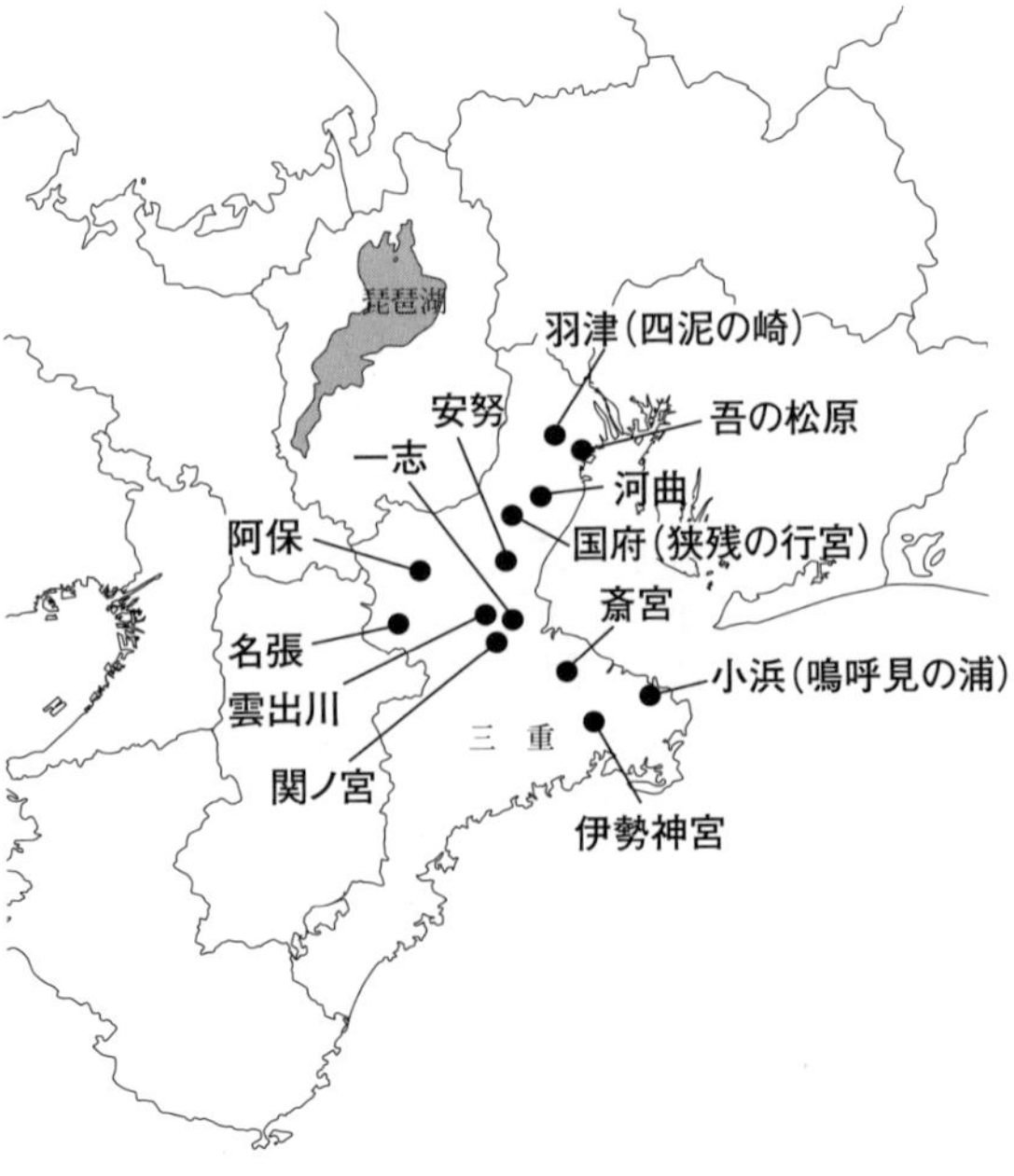
琵琶湖
羽津(四泥の崎)
吾の松原
安努
一志
河曲
国府(狭残の行宮)
阿保
斎宮
名張
雲出川
小浜(鳴呼見の浦)
三　重
関ノ宮
伊勢神宮

神風《かむかぜ》の伊勢《いせ》乙女《をとめ》ども相見つるかも

山の辺《べ》の御井《みい》

（東海道新幹線熱海駅。静岡県熱海市田原本町一一の一→名古屋駅。愛知県名古屋市中村区名駅一丁目一の四→関西本線。河曲《かわの》駅。三重県鈴鹿市木田町七一八）

今回から三重県の万葉歌を辿ってみたい。名古屋駅から関西本線亀山行で河曲駅下車、山の辺の御井を訪ねる。

和銅五年《七一二》壬子の夏四月、長田王《ながたのおほきみ》を伊勢の斎宮《いつきのみや》に遣はす時、山邊《やまのへ》の御井《みゐ》にして作る歌

巻第一　八一

山の邊《へ》の御井を見がてり神風《かむかぜ》の伊勢《いせ》乙女《をとめ》ども相見つるかも

和銅五年（七一二）に風流侍従長長田王（九州、「水島」参照）が作った歌。

線路右手前方に見える社が大井神社であろうか、途中山辺公園（三重県鈴鹿市山辺町）の名にホッとする。お年寄りに聞くと、古い倉庫の手前の道を上るとすぐだという。

道路添いの民家の前に「山辺の御井」の石碑と、丸いコンクリート造りの井戸がある。腑に落ちず、「歌碑の立っている所は」と聞くと、「赤人さんが硯の水を汲んだ池がある」といい、案内してくれる。

ほとんど誰も歩かないのだろう。山の中の急傾斜地を厚い落ち葉を踏みしめ下る。田に水を引くためのものか細い水路の向こう、木々が鬱蒼と繁っている中に白い説明板と石碑が見える。

大きな楢《なら》の木の足元に幅三《メートル》、長さ八《メートル》ほどの池がある。案内してくれた中年の女性は、嫁にきたころすでにあった湧き水だという。あたり一帯はなだらかな丘陵をなし、その谷間に湧き水があり、背後の水路の方から、遠く牛蛙の低い鳴き声が聞こえる。

風流侍従長田王が斎宮への途中わざわざ訪ねてくるほどに当時、山中の井はこんこんと湧いて、あたりの人々の生活をうるおし評判となっていたのだろう。この地は鈴鹿市山辺町であるが、市教育委員会の説明板に、「赤人の硯水といって新年にこの泉水を汲んで京の都まで運んだという言い伝えや赤人の屋敷跡ともいわれ、古来、多くの文人が訪れている」とある。

名も知れぬ古木の足元に大きな「山辺御井之碑」が立ち、藪柑子《やぶこうじ》が輝くような柔らかな新芽を出していた。杉木立の下の蕨がすでにほだとなり、誰かが持ち帰り忘れた一束が朽ちかけた木椅子に取り残されている。

さて来た方向とは逆の道を上ってみると入口に「山辺御井」の標識が立ち、その前の舗装された道に散華の如く白い花が散り敷いている。見上げると、名も知らぬ木に花が盛りと咲き、風のまにまに花が散ってゆく。長田王にふさわしい風情である。

帰路、最初の石碑と丸井戸へ戻ってみる。井戸の前の家人の話では、昔はこの石碑は井戸の向かい側に立ち、そこは、戦前は高い山の麓であった。この山は、つい先の大井神社まで続いていてそのあたりに山部赤人さんの屋敷があったといわれていた。戦後、小学校の校庭造りにこの山をきりくずして、今は山はなく人家が群れ建つようになってしまったとのこと。

井が二つあるということになるわけだが、恐らくは、山麓にあったという丸井戸の石碑は、山中の谷間にひそかに湧く山の井への道しるべであり、丸井戸は、今でも覗《のぞ》くと遥か下に水が見えるので、このあたり一帯は豊かな水に恵まれていていつの時代にか掘られたものではなかろうか。

ところで、駅名の「河曲」を「かわまがり」と勝手に思い込み、「かわの」という駅を通過してしまってから気づく。関東とは違う関西風の昔ながらの読み方を教えられたとつくづく思う。

隠《なばり》の山

（関西本線河曲駅→関西本線四日市駅。三重県四日市市本町三の八五→徒歩一五分、一キロ。近鉄四日市駅。三重県四日市市安島一の一の五六→近鉄特急名張駅。三重県名張

市平尾二九六一）

天皇として最初に伊勢に行幸したのは持統天皇であるという。

古い大和の土着の神三輪《みわ》の神を頂く三輪朝臣高市麻呂《たけちまろ》は、伊勢の神が重視されていくことに恐れをなし、「農作《なりはい》の節《とき》、車駕《きみ》未《いま》だ以《も》て動《ゆ》きたまふべからず（『日本書紀』・持統天皇六年〈六九二〉三月）」と天皇を諫めたが聞き入れられず、天皇は伊勢に出発してしまう。

この持統天皇伊勢御幸に従って旅行く当麻《たぎまの》真《ま》人麻呂《ひとまろ》に思いを馳せた、妻の歌一首がある。

當麻《たぎまの》眞《ま》人麿《ひとまろ》の妻《め》の作る歌

わが背子は何處《いづく》行くらむ奥《おく》つもの隠《なばり》の山を今日か越ゆらむ

巻第一　四三

河曲から関西本線で四日市駅へ出、近鉄特急で名張駅へ向かう。右の歌碑が駅前の小公園に立つ。この夫・真人麿は万葉集には詞書きにしか登場しない人で、妻の歌で永久に名を残すことになった。

町中の名張市民センターを過ぎると、右側前方に山が見える。名張警察署をさらに行くと名張大橋に着く。

橋の中央から周囲の山を見渡すと、靄《もや》に霞む西方一帯の山々は幾重にも層をなして、昔人が次々に越えざるを得ない山越えの苦しさが実感として湧いてくる。

名張川はゴウゴウと瀬音を立て、初夏の川岸の青葉の色を映し、朝の少し肌寒い空気を呑み込むように滔々と流れる。山の竹群のやや黄がかった色がぼうと霞む。岩つばめが鳴きつつ大橋の橋げたにつくられた巣に行きつ戻りつしている。川の水はかなりきれいで、白鷺が一、二羽羽ばたきながら餌をついばみ、遠く郭公の鳴き声が聞こえる。

大橋のすぐ上手で宇田川が右手から名張川に合流し、瀬音が特に高い。山々の向こう、そしてこの橋の前方五キロほど行ったところはもう奈良県だと、朝のマラソンを楽しむ男は言う。宇田川や名張川は当時の都人にとってどういう意味があったのだろう。

大化改新の詔《みことのり》に、次のようにある。

凡そ畿内《うちつくに》は、東《ひむがし》は名墾《なばり》の横河《よこかは》より以来《このかた》、南《みなみ》は紀伊《き》の兄山《せのやま》より以来、……西《にし》は明石《あかし》の櫛淵《くしふち》より以来、北《きた》は近江《あふみ》の狭狭波《さ さなみ》の合坂山《あふさかやま》より以来を畿内国《うちつくに》とす。……

『日本書紀』孝徳天皇　大化二年正月

要するに西は明石までを畿内としているのに、東は大和からほんの一日くらいの名張を畿内と畿外の境としているのである。

この名張の横河とは、大和の初瀬街道を東進し、現在の奈良県桜井市から長谷寺・榛原《はりはら》・室生と名張に至る道を横にさえぎるように流れる名張川のことであるといわれている。

名張は畿外の第一歩であって、いよいよ東国であった。大和の人々にとって、名張の山を越えるということは、身内が自分たちの生活圏を出て遠くへ離れていってしまう節目の山越えであった。

「話に聞くあの名張の幾重にも重なった山々を、今ごろ夫は難渋しながら越えていることか」と、畿内を離れ、見も知らぬ遠い国へ旅立ってしまう夫への切なる想いを詠っているこの歌は、大和でひたすら待ち続ける女性たちにとっては、とても身近な実感のこもった歌であったのだろう。「巻第四　五一一」にも採られている重出歌である。

「奥（沖）つ藻の名張」とは何かというと、ナバルは隠れるという意で、沖の藻は海中に隠れているから「沖つ藻の」は「名張」の枕詞であるという。つまり名張は、大和国から見て山間に隠れたところの意味があったようだ。

阿保山《あほやま》

（近畿日本鉄道、名張駅→青山町《ちょう》駅下車。三重県伊賀市阿保《あお》四〇五）

阿保山《あほやま》の桜の花は今日もかも散り乱るらむ見る人無しに

巻第十　一八六七

「花は盛《さか》りに、月は隈《くま》なきをのみ、見るものかは　つれ〴〵草　下　第一三七段」とは吉田兼好の言葉だが、見る人なしに散る花を惜しむという感覚は、万葉集のこの歌などにすでにみられるようである。

阿保山には、大和の佐保山説も多いが三重県伊賀市青山町の山説に従う。『和名抄』の伊賀郡にある「阿保」である。

名張駅から近鉄線で青山町駅下車、駅前の案内板をみると、確かに「阿保」という地名がある。運転手さんに聞くと阿保山という山はないとのこと。

さて聖武天皇は天平十二年（七四〇）十月二十六日突然伊勢御幸を決行する。この背景には、天然痘が猛威をふるい、権力をほしいままにしていた藤原四兄弟も亡くなり、奈良の都は大混乱を呈し、朝廷は大規模な人事異動を行った。

ところが　亡くなった藤原宇合の嫡男広嗣《ひろつぐ》は、九州太宰少弐に任じられたことに不満を持ち、聖武天皇側近の僧正玄昉などの排除を要求、挙兵した。天皇は広嗣討伐隊を九州へ遣わし、広嗣は長崎県の五島列島まで逃げたが逮捕される。

天皇が出発した十月二十六日にはまだこの報は奈良に届いていなかった。広嗣の乱が平定されていない段階での伊勢御幸の裏には、右大臣橘諸兄に、藤原氏の影響力が強い奈良から自分のゆかりの山城国相楽郡の恭仁《くに》に都を遷そうという思惑があり、諸兄がいたずらに聖武天皇の不安をかりたてたのではないかとの説もあるようである。

阿保頓宮跡碑

『続日本紀』の天平十二年十一月一日に、「伊勢郡阿保の頓宮（三重県伊賀市青山町阿保《あお》）に至りて宿る。大雨降り途は泥《なづ》みて、人馬疲煩《つか》れたり」とあるという。

町役場に寄り、頓宮跡碑の所在（三重県伊賀市青山町阿保《あお》）を聞く。人家に囲まれて丸石がぐるりと積み上げられ、こんもりと木群が繁った丘がある。

地蔵さんが祀られた脇の細道を登って行くと、奥まった小高い丘の、少し窪みに一つの石碑が立っている。碑には「阿保頓宮跡碑」とある。

鶯が声高く鳴き、鬱蒼と繁る杉・楢・もみじ・椎の木々に囲まれ、野宿するにふさわしい落ち着いた場所であるが、今は訪れる人もいないのか笹群やいのこづち・餅草・三つ葉が膝丈ほどに繁り立ち、折からばらばらと大粒の雨も降りだして、空を見上げるとこの一角だけがぽっかりと明るい。

雨でぬかるみだした泥道を危ぶみながら丘を下る。天皇は、ここから青山高原を経て三重県津市白山町川口の川口行宮に十日間滞在することになる。折からの雨の中、青山高原を目指す。

青山高原は八〇〇メートルほどの高原で、伊賀と伊勢の分岐点の一番大きく高い山であり、今では関西の軽井沢といわれ、観光客でにぎわうとのこと。途中、山つつじの一首で、この地では餅花といわれているピンクの花が可愛い。

頂上に近づくにつれ靄が立ちこめてくる。頂上の展望台は濃い靄で、残念ながら伊勢平野を見はるかすことはできなかった。

天皇一行は、名張の幾つもの山、また青山高原の山路に難渋し、この頂上に立った時、恐らく遥か下に広がる伊勢平野を望んでホッとしたことであろう。

万葉時代、桜といえば山桜をさしたようだが、今では山桜はこのあたりでもまばらであるとの話であった。

河口

（近畿日本鉄道、青山町駅→松阪駅。三重県松阪市京町一区四三の一→名松線《めいしょうせん》関ノ宮駅下車。三重県津市白山町川口→徒歩五分、〇・二五キロ。医王寺。三重県津市白山町川口四八三六）

十二年庚辰冬十月、大宰少弐《だざいのしょうに》藤原朝臣広嗣《ひろつぐ》謀反《むほん》して軍《いくさ》を發《おこ》せるによりて、伊勢国に幸《いでま》しし時に、河口の行宮《かりみや》にして内舎人《うどねり》大伴宿禰家持の作る歌一首

河口の野邉《のべ》に廬《いほ》りて夜の經《ふ》れば妹《いも》が手元《たもと》し思ほゆるかも

巻第六　一〇二九

三重県津市白山町川口の丘に建つ医王寺の庭に、聖武天皇関宮址碑と、随行してきた大伴家持の歌碑がある。

青山町から松阪へ出、ここから名松線で関ノ宮駅下車、駅の右手、左斜め前方に木

群の繁る丘が見える。

途中「聖武天皇行宮跡医王寺」の石柱が立つ道を辿る。だらだら道を上ると医王寺で、庭に聖武天皇関宮宮跡の石碑。碑は、杉木立、椎や桜木の中に立つ。石碑の前に薊《あざみ》の花が一輪、紫に輝《かがよ》うているのが胸に残る。

碑の横、木群の向こうに、青山高原が青々と霞んで見える。名張、阿保と山道に苦しみ耐えてきた身の安全のためか、この丘に上って木群の中に十日間ほどの宿りをしたのであろう。

この石碑の立つ高台を背に、家持の歌碑が立つ。高台の土にしがみつくような草藤のピンクの花が映えて美しい。

難渋した旅の果て、広嗣逮捕・処刑の知らせ、伊勢神宮への幣帛使《へいはくし》の派遣、将来への方針と、十一月に入っての十日間ほど、この場に夜を過ごした二十三歳の家持の耳に、さわさわと鳴る初冬の葉擦れの音は、一際、温かな恋人の手枕を懐かしく思い出させたに違いない。

雲出川《くもずがわ》

（名松線《めいしょうせん》関ノ宮駅↓一志《いちし》駅下車。三重県津市一志町八太↓徒歩一五分、〇・七五キロ。
波多神社。三重県津市一志町八太一一八七）

十市皇女《とをちのひめみこ》、伊勢の神宮に参赴《まゐ》りし時、波多《はた》の横山の巌を見て吹芡刀自《ふふきのとじ》の作る歌
河上《かはのへ》のゆつ岩群《いはむら》に草生《む》さず常《つね》にもがもな常處女《とこをとめ》にて　巻第一　二二

十市皇女とは、かの有名な大海人皇子《おおあまのおうじ》と額田王の間に産まれ、壬申の乱に父と敵対することになる大友皇子と結ばれ、葛野《かどのの》王を産み、壬申の乱で大友皇子が二十五歳で没すると再び父のもとに戻った女性である。

その十市皇女が天武四年（六七五）二月、後に草壁皇子の妃となり、元明《げんめい》天皇となる阿閉皇女《あへのひめみこ》（天智天皇の皇女）と一緒に伊勢神宮に参詣する時の歌である。

三重県津市一志町には、八太という地名も現存し、式内波多神社もあり、この付近一帯を波多と言ったのであろうといわれ、聖武天皇の川口行宮からほぼ雲出川に添っ

て伊勢神宮へのコースにあたるといわれる。

そこで再び名松線で一志へ向かう。途中、伊勢大井の駅（三重県津市一志町井生《いう》）周辺は、聖武天皇が河口行宮で十日間を過ごした際に、遊猟をされた「和遅野」かともいわれている。今では麦秋の黄が美しい。一志駅へ向かう車窓から見る雲出川はゆったりと流れ、川中のおちこちに大きくはないが丸やかな岩が顔を出していて景勝である。

室生から名張の山越え、青山峠を通りやっと伊勢平野へ出、伊勢神宮も間近くなって雲出川の中に、草の生えていない神聖さを感じさせる美しい岩群を見出した時、いつまでも若く健やかであって欲しいと思うのは、数奇な運命の人十市皇女に従う刀自の、切なる願いではなかったろうか。

一志駅から近鉄の線路に添い松阪方面へ歩く。線路の向こう側にこんもりした森が見える。近づくと石の鳥居と灯篭が緑の木立の中に白く際立って見える。楢《なら》の大木の足元に式内波多神社と彫られた一《メー》《トル》ほどの石が、隠れ蓑の葉に隠れるように立っていた。

斎宮跡《さいくう》

（近鉄山田線、松阪駅→斎宮駅。三重県多気郡明和町《めいわちょう》大字斎宮三〇四三の三→徒歩五分、〇・二五キロ。斎宮跡。三重県多気郡明和町斎宮三二〇七）

大津皇子《おほつのみこ》、竊《ひそ》かに伊勢の神宮に下りて上り来まし時の大伯皇女《おほくのひめみこ》の御作歌《みうた》二首

わが背子を大和へ遣《や》るとさ夜深《ふ》けて暁露《あかときつゆ》にわが立ち濡《ぬ》れし　　巻第二　一〇五

二人行けど行き過ぎ難き秋山をいかにか君が獨り越ゆらむ　　巻第二　一〇六

一志から名松線で松阪駅へ戻る。近鉄山田線で斎宮駅下車。

万葉集で伊勢斎宮といえば大伯皇女である。

伊勢神宮に、皇女または王女が「斎宮」として侍することになる起源をみると、崇神天皇の時、宮中に祀られていた天照大神を、皇女豊鍬入媛命《とよすきいりびめのみこと》に託《かこつ》けて大和に移し

奉り、垂仁天皇の時、皇女倭姫命が大神の鎮座される所を求めて近江・美濃を巡り、伊勢に至って大神の「この国に居らむと欲《おも》ふ」という託宣で、伊勢に祀ったことに由来するという。

天武二年（六七三）、前年の壬申の乱に勝ち、政権を手に入れた天武天皇は、十三歳の大伯皇女を伊勢斎宮に卜定《ぼくてい》する。

それから十三年後の天武十五年（六八六）九月九日に天皇は崩御され、その慌しい飛鳥浄御原宮を、大伯皇女の同母（持統天皇の姉太田皇女・すでに死亡）の弟大津皇子は伊勢斎宮の姉を訪れる。

皇后持統天皇は一人息子草壁皇子（すでに皇太子に立っていた）が、文武両道に秀で度量も大きな大津皇子にその位置を脅かされることを恐れ、皇子を追い落とそうとし、これを知った大津皇子は伊勢斎宮の姉を訪れ、最後になるかも知れぬ別れを惜しむとともに、伊勢の神の加護と伊勢勢力への期待をかけて、また慌しく飛鳥に帰って行く。青山から名張の山々、宇陀川に沿って飛鳥へと闇夜の山道を帰って行った。

暁の露に濡れそぼちながら一人立ち尽くして、たった一人の肉親大津皇子を偲ぶ大伯皇女の心は、まるで恋人との別れのような切なさであったろう。
しかし、姉の祈りも虚しく、大津皇子は十月二日逮捕、翌三日に辞世の歌を残して処刑される。

大津皇子《おほつのみこ》被死《みまか》らしめらゆる時、磐余《いはれ》の池の陂《つつみ》にして涕《なみだ》を流して作りまし御歌一首

ももづたふ磐余の池に鳴く鴨《かも》を今日のみ見てや雲隠《がく》りなむ

巻第三　四一六

この一か月後の十一月十六日、斎宮大伯皇女は解任され伊勢から飛鳥に帰った。

大津皇子《おほつのみこ》薨《かむあが》りまし後、大来皇女《おほくのひめみこ》伊勢の斎宮《いつきのみや》より京に上る時の御作歌《みうた》二首

神風《かむかぜ》の伊勢の国にもあらましをなにしか来けむ君もあらなくに

巻第二　一六三

見まく欲《ほ》りわがする君もあらなくになにしか来けむ馬疲るるに

巻第二　一六四

大伯皇女が、その青春時代を捧げた伊勢斎宮跡は斎宮駅のすぐ東、明和町に管理されている史跡斎宮跡である。

史跡公園斎王の森へ向かう。斎王の森は、木の鳥居の両脇に珊瑚樹の古木が高く繁り、その赤い新芽がいかにも斎宮らしく優しい。

鳥居を潜ると「斎王宮跡」の石碑が立ち、黒玉石が敷き詰められていた。

この斎宮の建築様式や機能的役割は、発掘調査中であるという。

安努《あの》

（近鉄名古屋線。津新町駅。三重県津市新町一の五の三五→市場行きバス村主《すぐり》下車）

草蔭の安努《あの》な行かむと墾《は》りし道阿努《あの》は行かずて荒草立《あらくさだち》ぬ

巻第十四　三四四七

巻第十四は東歌を集めているが、国名の判明している雑歌・相聞・比喩歌と、国名不明の雑歌・相聞・防人歌・比喩歌・挽歌に分けて掲載するという徹底した態度で貫かれており、このような巻は他にはないと古典文学大系の解説に記されている。

右の歌は国名不明の雑歌の部に載っている歌。ところでこの「安努」は三重県津市安濃町付近ともいわれている。

〈東〉とは遠江・信濃以東をいうのではなく三重の名張の山で見たように、大化改新の詔に「凡そ畿内は、東は名墾の横河より以来…」とあるように、名張川より東の国は広い意味で東国と考えられていた。

津新町駅から市場行きバスに乗り、「村主（三重県津市安濃町）」を目指す。

途中、早苗の新緑と黄金色に揺れる麦秋のコントラストが美しい。右前方の三つ瘤ラクダのような山のあたりが鈴鹿峠、その左が経ヶ峰、その奥が青山高原と運転手さんの説明。村主で下車する。

付近をぶらぶらと歩く。青やピンクの矢車菊や虫取なでしこの花が盛りで、彼方に竹群が見える。田畑の側溝を流れる水が初夏の陽射しを返して光り、草のかぐわしい香が立つ。にがな・れんげ草・もち草、ぎしぎしなどの雑草が生い繁り、青山高原を越えてのこちら側は、見渡すかぎりの伊勢平野である。

歌は、草の盛んに生い繁る安濃にいるあの女《ひと》のところに通うつもりで、草を刈り道を切り開いたのに、逢ってくれない。そうこうしているうちに、その道もわからないほどにまた草が生い繁ってしまった。強い陽射しの中、草にまみれ汗にまみれて通い路を作ったにもかかわらず、逢おうとしない女への男のいらだちの時間的経過を、せっかく刈った草がまた伸びはじめ、ついにはぼうぼうと生い繁ってしまうという具体的な表現で詠んでいる。微笑ましく、かつ共鳴感があふれる歌である。

狭残《さざ》の行宮

（近鉄名古屋線、津新町駅→津駅。三重県津市羽所町二四二→紀勢本線。亀山駅下車。三重県亀山市御幸町《みゆきちょう》一九八→関西本線、井田川駅下車。三重県亀山市井田川町三六四→タクシー。国府町《こお》。鈴鹿市国府町→タクシー。近鉄鈴鹿線、平田町駅。三重県鈴鹿

市箕所三丁目一の一）

狭残《さざ》の行宮にして大伴宿祢家持の作る歌二首

天皇《おほきみ》の行幸《みゆき》のまにま吾妹子《わぎもこ》が手枕《たまくら》纏かず月そ經《へ》にける

巻第六　一〇三二

御食《みけ》つ国志摩《しま》の海人《あま》ならし眞熊野《まくまの》の小船《をぶね》に乗りて沖へ漕ぐ見ゆ

巻第六　一〇三三

行宮とは天皇の行幸《ぎょうこう》などの際、仮にその地に設けられる宮居だが、狭残の行宮は聖武天皇の、河口行宮（三重県津市白山町川口）の次の宿泊地で、伊勢の国府のあった鈴鹿市国府町、または鈴鹿市土師《はぜ》町あたりかといわれている。

ただ右の歌によれば、海の見える所でなければならない。

近鉄鈴鹿線の平田町駅から柳町下車、ほぼ路線に沿うようにして土師町の中を通りぬけてみる。

一帯が伊勢平野で早苗が広がり、道路沿い左側の人家の間に西土師神社が、さらに行くと右側に式内土師神社があるが、いずれも海は見えない。

初夏の暑い日射しの中、伊勢若松駅まで歩いた。駅員さんに聞くと海までたった五分くらいという。

強い潮風を頭ごしにやりすごすように、腰を低くかがめたように軒の低い古い家並が続く細い曲がりくねった道を行くと、海に出た。

高い湾岸が築かれ、海の中には巨大なテトラポッドが海岸沿いを埋め尽くしていた。前方の大海原を横切るように、細くかすかに知多半島が左から右へせり出し、右手に津、左手に四日市市の工場の煙突などが見える。

狭残行宮は海岸線に近い土師町、土師町よりは、「眞熊野の小船」という具体的確認距離からいえば、海沿いのこの若松あたりがふさわしい。

熊野は、紀伊、伊勢両国にまたがる紀伊半島南部の広い地方をいい、船に適した良材がとれたし、また、入り組んだ湾は沢山の港となり、熊野船という独特の船を持ったという。

天皇の食料を貢進する「御食つ国」である淡路・志摩・伊勢は、調として鮑《あわび》・鰹・鯛などの乾燥物や海藻を貢進していた。
志摩の海人たちは独特の熊野船を使って伊勢湾としては、かなり北方まで漁を求め漕ぎだして行っていたのだろう。

伊勢の海の磯《いそ》もとどろに寄する波恐《かしこ》き人に戀ひわたるかも

巻第四　六〇〇

笠郎女《かさのいらつめ》が大伴家持に贈った二十四首中の一首である。大和に近い難波や近江の海に比べ大波が寄せる伊勢の海は大和人にとっては海の中の海であった。
あの伊勢の海の轟のようにこの胸がときめき騒ぎ恐ろしいほどもったいないあの方を恋い続けることだ…という。

伊勢の白水郎《あま》の朝《あさ》な夕《ゆふ》なに潜《かづ》くとふ鰒《あはび》の貝の片思《かたもひ》にして　巻第十一　二七九八

作者未詳。伊勢の海は、万葉の人々にとって心ときめく恋の激しさと通じる明るくかつ、激しいものだったのであろう。

さて津新町から津市へ。紀勢本線で亀山駅に向かう。亀山から鈴鹿市へ。鈴鹿市の国府町の高台に上ると、前方遥かには鈴鹿山脈、この山脈の南方遠くに青山高原が見える。

二羽の白鷺が舞い、初夏の快晴の中で、田植え後の畔の草刈り電動機の音が高く響く。一面に平地で、青田がひろがる中に点々と雑木林が見える。同じ家持の、妻の手枕を懐かしむ歌でありながら、難渋した青山峠越え直後の河口行宮では、

河口の野邉《のべ》に廬《いほ》りて夜の經《ふ》れば妹《いも》が手本《たもと》し思ほゆるかも

巻第六　一〇二九

と、初冬の野宿の寂しさゆえに妻の温かな手枕を連想したのに対して、この狭残行宮

では、明るく開放的な鈴鹿平野に女性像をダブらせて、ひと月もせずにきてしまった妻の手枕を、ひたすら連想しているようであった。

四泥《しで》の崎

（近鉄鳥羽線、鳥羽駅、三重県鳥羽市鳥羽一丁目八の一三→近鉄四日市駅。三重県四日市市安島一丁目一の五六→近鉄名古屋線、阿倉川駅下車。三重県四日市市阿倉川町→徒歩一五分、〇・七五キロ。四日市羽津《はづ》地区センター。三重県四日市市大宮町一三の一二）

丹比屋主眞人《たぢひのやぬしのまひと》の歌一首

後《おく》れにし人を偲《しの》はく四泥《しで》の崎木綿《ゆふ》取り垂《し》でてさきくとそ思《おも》ふ

巻第六　一〇三一

聖武天皇阿保頓宮（「阿保山」参照）の項で述べたところの、聖武天皇伊勢御幸の際に作られた八首中の一首。

四泥の崎は、四日市市羽津《はづ》にある式内社志氏《しで》神社あたりといわれている。鳥羽駅から津へ、四日市経由で阿倉川駅下車、歩いて十五分ぐらいで羽津地区センターの向かい側にある志氏神社（三重県四日市市大宮町一四の六）に着く。

案内板に次のようにある。

「『シデ』とは御幣のこと。天皇が四方に幣を班《わか》ち祓の息吹戸主神をお祀りし禊祓をなされた御跡を斎《いわ》い奉れる神社」

細い参道を入ると本殿に向かって右側に、昭和四十八年（一九七三）に建てたという「万葉旧跡四泥の埼」の石碑が立つ。

石碑の傍に立つと、志氏神社がかなり高い所にあることがわかる。当時はここから海が見晴らせたのかも知れない。

この高台に立った時、天皇は都に遺してきた女の幸せを祈りたくなり「御幣」を取り出し禊祓をされたのであろう。

四泥能埼石碑

左側大きな椎の古木の脇に石を積み上げ、その上に丹比屋主眞人の歌碑が立つ。

後れにし人を思はく志氏の崎ゆ布とりしでて行かむとそおもふ

宮司さんからもらった神社略記には「人を偲はく」「さきくとそ思ふ」と冒頭歌と同じ。先の石碑脇の階段を下り霞ヶ浦駅へ向かう。

吾《あが》の松原

（近鉄名古屋線、霞ヶ浦駅。三重県四日市市八田一丁目一四の二→近鉄名古屋線、富田《とみだ》駅。三重県四日市市富田一丁目二六の一九→徒歩四分、〇・二キロ。聖武天皇社。三重県四日市市大字松原町五の八）

近鉄富田駅から四日市市警察署の北、国道一号線から少し入ったところに聖武天皇社がある。

鳥居を入って右手、三段の石段の上に石が積み上げられ、その上に土台石、歌碑はさらにその上に立つという立派なもので、佐々木信綱揮毫《きごう》の聖武天皇御製。

妹に恋ひ吾《あが》の松原見渡せば潮干の潟《かた》に鶴《たづ》鳴き渡る　　巻第六　一〇三〇

さして広くない境内に苔むして曲がりくねった古松が、社の森を越えて数本、丈高く伸びている。社殿右奥にも歌碑。石が磨滅してなかなか読みきれないが同じ歌であり、左脇に「〇〇郡松原村」とある。

社前に松原公園がある。ここにも境内と同じほどの古松が数本。公園側から松越しに聖武天皇社を見れば、このあたり一帯が、先の古い歌碑にも松原村とあったように松原であったことがうかがえる。

聖武天皇社

土地の人に言わせると、五十数年前にはここから車で十分も行くと海で、このあたり一帯は田んぼで、聖武天皇社の松が富田からも見えたという。今は国道が通り海も遠くなったという。
吾の松原については諸説があるが、この四日市市松原町付近とする説が強い。

潮干《ふ》れば葦辺に騒く白鶴《あしたづ》の妻呼ぶ声は宮もとどろに
巻第六　一〇六四

鶴は妻を呼ぶために高い声で鳴くという。吾の松原にその鶴の鳴き声を聞くにつけ、都に遺してきた女が偲ばれるというのである。
天然痘の猛威、それに伴う奈良の都の大混乱、大規模な人事異動、藤原広嗣の乱という不安定な時期での聖武天皇の伊勢御幸なのだが、河口行宮での家持の歌にしろ、丹比屋主眞人や天皇の歌にしても、時勢への不安感は直接には一言も詠い込まれていない。何の変哲もない恋歌のように見られる歌の中に、男たちの不安が暗々のうちに

吾の松原

詠い込まれているとみるべきなのだろうか。

鳴呼見《あみ》の浦

（近鉄名古屋線、富田駅↓伊勢若松駅下車。三重県鈴鹿市若松西四丁目一七の八↓近鉄名古屋線、津駅下車。三重県津市羽所町一一九一の一↓参宮線、鳥羽下車。三重県鳥羽市鳥羽一丁目八の一三↓近鉄特急、志摩磯部下車。三重県志摩市磯部町迫間《はさま》一八一九↓徒歩五分、磯部バスセンター。三重県志摩市磯部町迫間二四七↓バス、二〇分。鵜方《うかた》。三重県志摩市阿児《あご》町鵜方↓タクシー、阿児の松原。三重県志摩市阿児町甲賀↓近鉄特急、賢島駅↓鳥羽駅↓タクシー、小浜町《おばまちょう》。三重県鳥羽市小浜町）

伊勢若松から津駅へ出、参宮線で鳥羽駅へ向かう。鳥羽駅から近鉄志摩線で志摩磯部駅下車。南勢町迫間浦に宿をとった。

浦沿いに歩いてみると、鯛・鰺・鱚《きす》・鯔《ぼら》・チヌなどをとる筏つり船が沢山つながれていた。

明朝の網上げのために網を仕掛けに来る船、網を仕掛けた湾外へ出ていく船、家路を急ぐ船など宿から眺められた。
飛び魚が水上高く銀色に飛び、「御食つ国志摩」、と万葉に詠われたように志摩は現在でも海の幸にたけた風光明媚な地なのがわかる。

伊勢国に幸《いでま》しし時、京《みやこ》に留《とどま》れる柿本朝臣人麿の作る歌
鳴呼見《あみ》の浦に船乗りすらむ嬬嬬《をとめ》らが珠裳《たまも》の裾《すそ》に潮《しほ》満つらむか　巻第一　四〇
くしろ着く手節《たふし》の崎に今日もかも大宮人の玉藻刈るらむ　巻第一　四一
潮騒《しほさゐ》に伊良虞《いらご》の島邊《しまべ》漕《こ》ぐ船に妹《いも》乗るらむか荒き島廻《しまみ》を　巻第一　四二

柿本人麿が、行ったことのある伊勢の地での大宮人たちの舟遊びに思いを馳せて

作った三首である。

「あみの浦」を「阿胡の浦」とし、志摩国の国府にあった阿胡町《ちょう》国府の説がある。

磯部バスセンターから鵜方下車。車で十分ほどで阿児の松原に着く。阿児の松原スポーツセンターの前に、阿児町が平成元年に建てた立派な歌碑がある。

安胡乃宇良爾　布奈能里須良牟　乎等女良我　安可毛能須素爾　之保美都良武賀

巻第十五　三六一〇

苔むしてはいるが細く高い黒松が、松原の名をとどめている。

地元の話では、「戦前は大人三人で抱きかかえるほど立派な松の林であったが、戦後一部を伐採しゴルフ場にしたり、松食い虫の被害で昔の面影はない」という。

潮騒に誘われ石堤に上ってみると、とても美しい遠浅の白砂の浜である。

地元の男《ひと》は「このあたりは蛤《はまぐり》が採れるので、持統天皇が蛤を採りに船出し、お供の大宮人の娘たちの赤い腰巻が波に濡れてるということだ」という。

近鉄で鳥羽に出、車で六分ほどで小浜町の海辺に着く。先の「あみの浦」は、この海辺とする説が有力である。

ここからの海の眺めは、手前に点在する三ツ島、その奥の坂手島、菅島、左前方の答志島《とうしじま》（三重県鳥羽市答志町）その先に点在する島影と見事な海のパノラマである。この遥か前方にあるであろう伊良湖岬《いらご》（愛知県田原市伊良湖町）は見えない。

答志島は浜の傍で、近くの菅島が良質ワカメの産地ということでもあり、ブレスレット（釧《くしろ》）をはめた女性たちが玉藻を刈ったという話や、今、目の前を走る遊覧船を見るにつけ、大宮人の娘たちが舟遊びに興ずる姿が思い浮かぶ。

あみの浦という近景、たふしの崎という中景、伊良湖の岬という遠景へと景を拡大していく三首の構成からみれば、あみの浦は阿胡の松原よりも鳥羽小浜町の海辺の方がふさわしいように思われる。

伊勢神宮

（鳥羽駅、三重県鳥羽市鳥羽一丁目八の一三。参宮線→二見浦《ふたみのうら》駅下車。三重県伊勢市二

見町三津↓バス停「二見浦《ふたみうら》参道」↓内宮行バス、三〇分、内宮。三重県伊勢市宇治館町一↓バス、一〇分。外宮。三重県伊勢市豊川町二七九）

時《とき》に天照大神《あまてらすおほみかみ》、倭姫命《やまとひめのみこと》に誨《をし》へて曰《のたま》はく、「是《こ》の神風《かむかぜ》の伊勢国《いせのくに》は、常世《とこよ》の浪《なみ》の重《しき》浪帰《なみよ》する国《くに》なり。傍国《かたくに》の可怜《うま》し国《くに》なり。是《こ》の国に居《を》らむと欲《おむ》ふ」とのたまふ。故《かれ》、大神《おほみかみ》の教《をしへ》の随《まにま》に、其《そ》の祠《やしろ》を伊勢国《いせのくに》に立《た》てたまふ。

『日本書紀』垂仁天皇二十五年三月

伊勢神宮の起源である。

ところで皇祖神天照大神はなぜ、伊勢にまた伊勢神宮に定着していったのだろう。大和朝廷の伊勢への傾倒はいつ頃から始まるのだろうか。

尾張、近江などの畿外勢力を結集して畿内に乗り込み都を造った継体天皇の没後、尾張連《むらじ》家の出身目子媛《めのこ》の皇子安閑《あんかん》（第二十七代）、宣化《せんか》（第二十八代）と、仁賢《にんけん》（第二十四代）天皇の手白香皇女《たしらかのひめみこ》の皇子欽明との間に皇位継承争いが起こる。

当時、大和朝廷の東方発展は強力になっており、東方への要衝尾張をおさえている安閑、宣化に対し、欽明側は伊勢から海上を東へと進む路線をとっていた。

欽明（第二十九代）が皇位を継承したことで尾張よりも伊勢が重視されていく。

さらに後、壬申の乱（天武天皇元年〈六七二〉）になると、大海人皇子は吉野から挙兵の根拠地美濃へと上る途次、伊勢で天照大神を望拝するが、同時に伊勢の神や伊勢の勢力を頼みにしたのだろうといわれている。

乱の勝利者大海人皇子（天武天皇）は大伯皇女を斎宮に卜定《ぼくてい》し、平成五年（一九九三）、六十一回目の神宮式年遷宮が行われた遷宮も天武天皇が定めたものであり、伊勢勢力への天武天皇の並々ならぬ配慮がうかがえる。

伊勢には本来、土着の神、国つ神が祀られていたが、この神が天照大神と同じ日の神であったことも、大和勢力が伊勢へ浸透するとともに、信仰も合体統一化されていくのに都合が良かったといわれる。

天皇として伊勢御幸を初めて行ったのは持統天皇であり、第一回の式年遷宮も持統天皇の時に行われている。

凡ソ王臣以下　不レ得三輙チ供二フルコト大神ニ幣帛一ヲ　『延喜式』巻四

私幣禁断であり、伊勢神宮は次第に天皇家の氏神としての性格を強めていく。

伊勢神宮は皇祖神天照大神を祀る皇大神宮《こうたいじんぐう》（内宮《ないくう》）と、天照大神の食物の守護神豊《とよ》受大御神《うけおおみかみ》を祀る豊受大神宮（外宮《げくう》）の二宮が中心になっているが、外宮の神が伊勢本来の土着神、国つ神であったと考える方が、筋が通って楽しい。

鳥羽から参宮線で二見浦へ。二見浦バスセンターから内宮行バスに乗り三十分ほどで内宮に着く。

椎の古木の花がパラパラ散る中を宇治橋へ向かう。早朝のせいか人もまばらでほととぎすの鳴き声が立つ。神域内は苔むした松が手入れされ庭師の鋏を入れる音、参拝者の玉砂を踏む音が響く。

大鳥居には新しい榊葉が祀られ、蛙の鳴き声に五十鈴川の御手洗場に降りてみると、神路山、鳥路山などの山々に囲まれた五十鈴川は、瀬音の中に木々の緑を映して雅に流れていた。

さて皇大神宮（内宮）の石段両脇には見事な大杉が聳え、社殿をお守りしているかのようである。

日の神を祀る社らしく天空はカラリと明るく、初夏の日差しが杉の木漏れ日となって石段を照らす。

社殿の白い几帳が風に一瞬吹き上げられた。内部は中央に白の玉石、両脇に黒い玉石が敷き詰められ、鳥居の両脇下に榊葉の束が捧げられている。若い宮司たちが落ち葉を拾い集めているのが垣間見られた。

掘立柱に茅葺屋根という素木《しらき》造りの、唯一神明造りの社殿は日本最古の建築様式という。茅葺屋根は苔むして美しい若草色をなし、昨夜の雨が雫となってしたたり落ちてくる。

外官

バスで外宮へ向かう。

内宮に比べ参道が短いせいか、太い杉木立の中にありながら、鳥居も外宮も陽を浴びて建ち、農耕の神にふさわしく明るく健康的である。

地の神を祀る土宮、風神を祀る風宮の二宮にも五穀豊穣を祈る心が感じられ、内宮の荘厳さとは違う、土臭さ、生活臭が感じられ親しみやすい。

衣食住全ての産業を司る神とされているところも、内宮とはまた違った意味合いで発展してきたのであろう。

第十二部

佐賀県唐津市鏡《かがみ》・神集島《かしわじま》、福岡県福岡市中央区荒戸、長崎県壱岐市石田《いしだ》町・郷《ごう》ノ浦町・勝本町

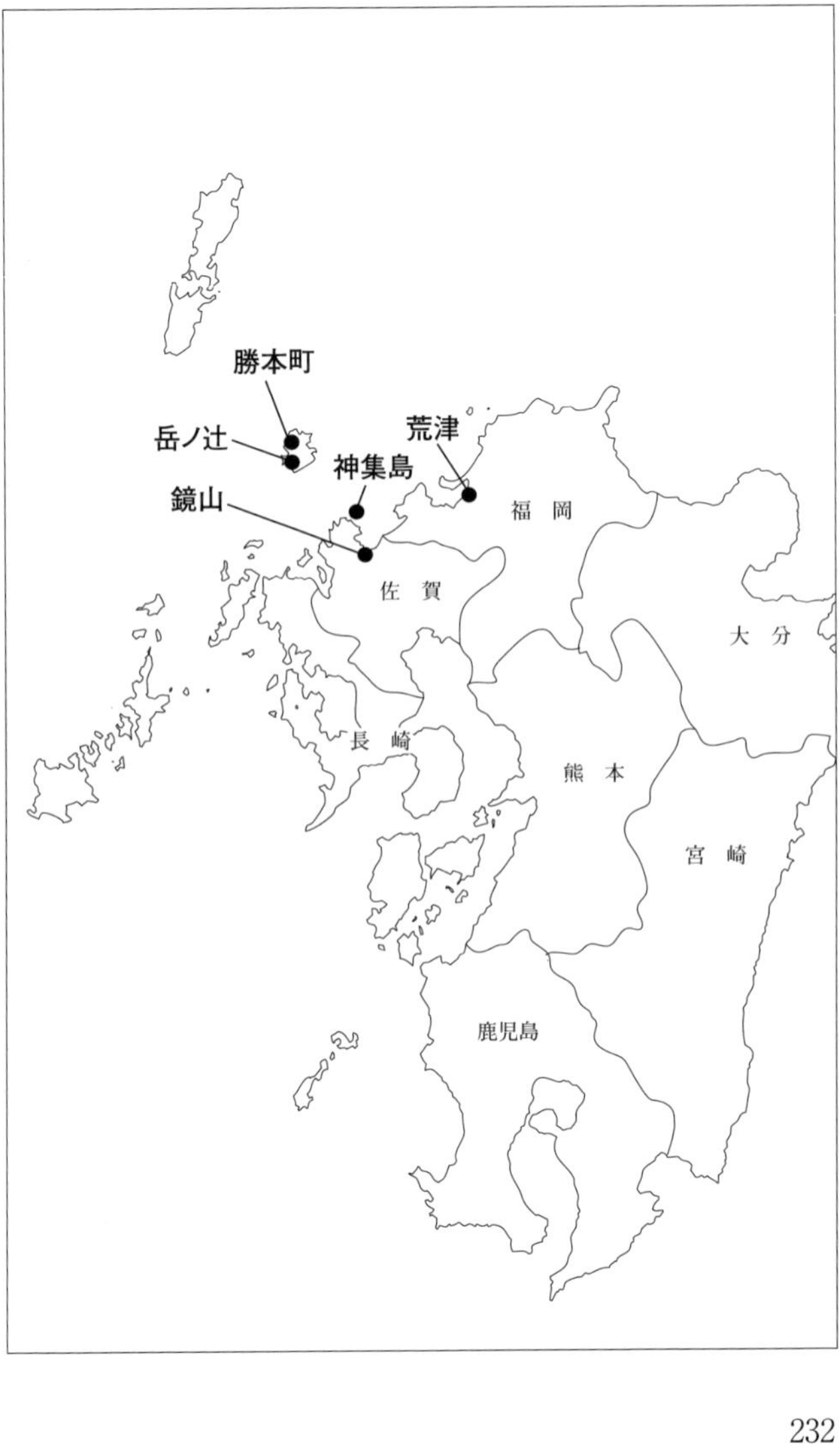
勝本町
岳ノ辻
荒津
神集島
鏡山
福岡
佐賀
大分
長崎
熊本
宮崎
鹿児島

海原の沖ゆく船を

鏡山

（筑肥線、唐津駅。佐賀県唐津市新興町二九三五の一→虹ノ松原駅。佐賀県唐津市鏡虹町→バス。一五分。鏡山。佐賀県唐津市鏡字大平六〇五二の一→徒歩六〇分、四キロ。虹の松原）

筑肥線で虹ノ松原駅で下車し、バスで十五分ほどの鏡山（二八四メートル）へ向かった。
鏡山の名は、三韓遠征の際、神功皇后がこの山の頂上で宝鏡を捧げ戦勝祈願されたので、頂上に神功皇后をご祭神とする鏡山神社が祀られていることなどに由来しているのであろうか。五穀豊穣、航海安全、商売繁盛の神として崇敬されているようである。

しかし古くは松浦山とも、佐用姫伝説に因んで領巾《ひれ》振山とも呼ばれていた。山の中央部に昭和三十九年（一九六四）建立の歌碑が立っていた。

遠つ人松浦《まつら》佐用比賣《さよひめ》夫戀《つまごひ》に領巾《ひれ》振りしより負へる山の名

巻第五　八七一

「領巾」は、古代の女性が首から肩にかけて左右に長く垂らした装飾用の布で、波、風を静めたり、魔除けなど呪力を持つとされ、振ると願いが叶うとされていた。

さて西展望台に上がってみると、丸味を帯びた大きな歌碑が立っていた。

行く船を振り留《とど》みかね如何《いか》ばかり戀《こほ》しくありけむ松浦佐用比賣

巻第五　八七五

展望台から、高島の向こう遥か前方に低く神集島《かしわじま》が見え、歌碑は神集島（佐賀県唐津市神集島）の方へ向かって立っていた。

その名の通り、当時大陸へ渡る重要な港であった唐津から、新羅征伐という危険な任務を果たすため出港していく恋人の船が、本土最後の寄港地神集島を目指していく。船中の夫の姿を追い鏡山までかけ登った比賣の切々たる想いが胸に迫ってくる。

歌碑には「山上憶良歌」と前書しているがどうなのであろうか。

展望台からは、玄海国定公園に浮かぶ神集島、高島、大島、そして三保の松原、気《け》比《ひ》の松原と並んで日本三大松原の一つといわれる虹の松原（佐賀県唐津市東唐津～浜玉町）が眼下にひろがる景観は、言葉に尽くせぬほどに実に見事で、全国の万葉故地の中でも圧巻といわれており、佐用比賣の悲恋物語もこのように美しい風土から生み出されたことが頷けた。

頂上左手の、鏡山神社境内入口に犬養孝書の万葉歌碑が立っていた。

麻都良我多　佐欲比賣能故何　比例布利斯　夜麻能名乃尾夜　伎々都々遠良武
巻第五　八六八

大宰帥大伴旅人の松浦巡行に参加できなかった山上憶良の羨望の三首中の一首である。

鏡山神社は神功皇后がこの山に登り戦勝祈願されたことにより創建されたとある。日本武尊の皇子といわれる第十四代仲哀天皇は、九州の熊襲が背いたので筑紫の橿日宮《かしひ》（福岡県福岡市東区香椎四の一六の一）に軍を進めたが不慮の死をとげられたので、后である神功皇后が天皇にかわって軍の指揮をとられたという。

ところで呼子大橋（佐賀県唐津市呼子町殿ノ浦）を渡った加部島の北東部に、遣唐使も航海安全を祈願し、現在でも海運漁業者の崇敬が厚い古社、田島神社（佐賀県唐津市呼子町加部島三九六五の一）があるが、境内左側に佐用姫神社がある。佐用姫の悲恋物語は、羽衣、浦島伝説とともに日本三大悲恋伝説の一つといわれている。

肥前松浦の郷土伝説としては、松浦佐用姫は大伴狭手彦の船出を悲しみ鏡山から領巾を振り名残を惜しんだが、船を追って加部島に渡り悲しみのあまり石に化した。その望夫石は佐用姫神社の床木に奉斎されているという。境内右側に次の歌碑が立っていた。

海原の沖ゆく船を帰れとか領巾ふらしけむ松浦佐用ひめ　　巻第五　八七四

神集島《かしわじま》

（呼子。佐賀県唐津市呼子町呼子→タクシー湊船着場。佐賀県唐津市湊町浜→船、一〇分。神集島。佐賀県唐津市神集島）

天平八年（七三六）六月に出発した遣新羅使一行は、筑前（福岡県主要部）の引津の亭《とまり》（福岡県志摩町）を出帆し、遣唐使にとっても遣新羅使にとっても、本土最後の寄港地となる肥前（東半分は佐賀県、西半分は長崎県）松浦湾の入り口にある狛島《こましま》の亭（佐賀県唐津市神集島）に停泊した。

肥前国の松浦《まつら》郡の狛島《こましま》の亭《とまり》に船泊《ふねは》てし夜、遥かに海の波を望み、各々旅の心を慟《いた》みて作る歌七首

帰り来て見むと思ひしわが屋外《やど》の秋萩《あきはぎ》薄《すすき》散りにけむかも

巻第十五　三六八一

遣新羅使たちが出発前に人々と贈答しあった歌の中に

わが故に思ひな痩《や》せそ秋風の吹かむその月逢《あ》はむものゆゑ

巻第十五　三五八六

とあるから、秋には帰宅予定で、萩、薄も帰って見られると思っていたのに、まだ往路途中にいる嘆きを詠ったものである。

「狛島」については、『延喜式』に「肥前国柏島牛牧」とあるようで、「狛」は「柏」の誤写のようである。

遣唐使、遣新羅使にとって壱岐、対馬へ渡って大陸に至る、本土最後の地であるゆえに、「柏島」を神がたくさん集まっておられ行く末を護ってくれる島「神集島」とあてたのだろう。

足姫《たらしひめ》御船《みふね》泊《は》てけむ松浦《まつら》の海妹《うみいも》が待つべき月は經《へ》につつ

巻第十五　三六八五

先の七首中の一首で、「足姫」は神功皇后、「オキナガタラシヒメノミコト」のことである。神功皇后が新羅征伐の際停泊したという。

さて湊町の渡船場の朝は、若い衆たちがメバルをとる餌である鰯を生簀《いけす》から大網で掬い上げるのに大わらわのにぎわいであった。

湊船着場から船で十分ほどで神集島に着いた。

神功皇后が海外遠征に先立ち、神々を集め酒宴を催した跡という評定石や弓張石があるというので、漁協で道を尋ねたが、地元の人もはっきりは知らないようであった。

資料をもらい海岸沿いに歩き、左側へ登りこむと、ここは島の南東高台にあたるのだろうか、なだり一帯に大きな石頭が幾つも点在していた。

朝鮮を遥かに望んで、小高い山の傾斜地一面にほど良く頭を突き出した沢山の石頭に座をしめて、神功皇后中心に多くの武将が朝鮮征伐の討議をした様子が髣髴としてきた。

山の中腹あたりに弓張石がひときわ高く聳《そび》え立つ。この岩に立ち、神功皇后は朝鮮に向かい弓を張り、その果敢な闘志を武将たちに示したのであろう。この評定石の山一面に今は薊《あざみ》が咲き乱れていた。

さて葛が太いつるを伸ばし始めている山の左手に登ってみると、大きな石が海にせり出していた。石の上に上がってみると遥か下に神集島港が見えた。

神功皇后評定石

港は奥行七〇〇㍍《メートル》、幅五〇〇㍍《メートル》と深く大きくて、遣唐使、遣新羅使の本土最後の寄港地として、また一般の船泊りとして風浪よけの絶好の停泊地であったことが頷けた。

さて、先の七首のうちの一首に次のような歌がある。

天地の神を祈ひつつ吾《あれ》待たむ早来ませ君待たば苦しも

巻第十五　三六八二

「右の一首は、娘子《をとめ》のなり」とあり、「娘子」とはこの地の「遊行女婦《うかれめ》」であろうといわれている。

今でこそ離島化しているが、万葉当時の狛島は、壱岐、対馬、大陸への本土最後の停泊地として活気に満ち、遊行女婦もいるほどにぎわっていたのだろう。

今、島の砂浜に浜昼顔や浜月見草が群生し可憐な花を無数につけていた。

荒津《あらつ》

（福岡空港。福岡県福岡市博多区大字下臼井七七八の一↓西公園。福岡市中央区荒戸）

遣唐使は舒明天皇二年（六三〇）に始まり、菅原道真の寛平六年（八九四）の建議で停止されたが、二十回の任命中十六回実際に渡海している。

一方遣新羅使については、大化年間（六四五～五〇）には、遣唐使・遣隋使同様学問僧を留学させていたが、新羅が唐と連合して百済・高句麗を攻め滅ぼすと、国交は一時途絶えた。

しかし新羅が唐の勢力を排除し、朝鮮半島を統一すると国交が回復し、天武朝初年から奈良時代の末まで二十二回遣新羅使が派遣された。

日唐通好が天武・持統朝の頃（六七二～六九六）は途絶えていたので、遣新羅使の派遣は、大陸の文物制度導入のため大切だったのである。

しかし八世紀に入ると慣例化し、新羅の日本と対等になろうとする態度が強まり、天平八年（七三六）の遣使以降両国関係は悪化し、必要な時以外、遣使を行わなくなった。

この天平八年の遣新羅使一行は六月に出発し、周防佐婆《さば》の海（山口県防府《ほうふ》市沖合）で遭難、豊前分間《ぶぜんわくま》の浦（大分県中津市）に漂着している。

大君の命恐《みことかしこ》み大船の行きのまにまにやどりするかも　巻第十五　三六四四

その際、一行の雪連宅満《ゆきのむらじやかまろ》の詠んだ歌である。

その後一行は筑前（福岡県主要部）の港に停泊を余儀なくされている。

今、福岡市中央区の西公園に行ってみるとこの公園は別名荒津山（四八メートル）ともいい、付近一帯の海岸を万葉集の時代には「荒津」といったらしい。

荒津の崎万葉歌碑

展望台に立ってみると、かつて遣新羅使たちが船出した荒津の港に、今では沢山の漁船が停泊し、どんより垂れこめた雨雲のもと、海の色も鈍色にしずんでいて、船出を待つ遣使たちの不安が偲ばれた。

さて翌朝は快晴で、内海のため波は静かであった。西公園の突端に行ってみると、荒津の崎万葉歌碑が立っていた。

神《かむ》さぶる荒津《あらつ》の崎に寄する波間《ま》無くや妹に戀ひ渡りなむ
右の一首は、土師稲足《はにしのいなたり》のなり

巻第十五　三六六〇

雪連宅満と同じ天平八年の遣新羅使の一人土師稲足の歌である。

神々しいほどに美しいこの荒津の崎にひたひたと打ち寄せる小波のように、妻を恋い慕う気持ちが込み上げてくるという。

実際遥か前方に志賀島を見、左に能古島が突き出て見えるこの荒津の崎の風景は実に穏やかで輝くように美しかった。

船の発着所荒津から荒津山を登り南へ歩いて十分ほどの大濠《おおほり》公園（福岡県福岡市中央区大濠公園一の二）の西北、平和台球場あたりに、外国使節や官人の接待用の迎賓館である筑紫の館《むろつみ》があったといわれるが、歩いてみると、頃合いの所であった。

新羅《しらき》に遣はさえし使人ら別《わかれ》を悲しびて贈答し、また海路にして情《こころ》を慟《いた》み思を陳《の》ぶ。

わが故に思ひな痩《や》せそ秋風の吹かむその月逢《あ》はむものゆゑ

巻第十五　三五八六

筑紫《つくし》の舘《たち》に至りて遥かに本郷《もとつくに》を望みて、悽愴《いた》みて作る歌

今よりは秋づきぬらしあしひきの山松かげにひぐらし鳴きぬ

巻第十五　三六五五

前者は天平八年出立の際の遣使の贈答歌、後者はこの筑紫の館で作った歌。秋には帰国し再開するはずが、荒津山でひぐらしを聞いてしまったという不安や苛立ちが読みとれる。

石田野《いわたの》

（芦辺《あしべ》港。長崎県壱岐市芦辺町箱崎中山触二五七五の二二→タクシー、万葉公園。長崎県壱岐市石田町本村触一の一→タクシー、遣新羅使の墓→郷ノ浦。長崎県壱岐市郷ノ

その後、遣新羅使一行は佐賀・長崎県(壱岐・対馬除く)の港でも停泊した後、玄界灘を北上して到着した壱岐で最初の死者を出してしまった。

豊前分間の浦(大分県中津市)で「大君の命恐《みことかしこ》み」と詠った雪連宅満が鬼病《えやみ》(天然痘)に罹ったのである。

その時詠まれた挽歌九首のうちの一首に次のような歌がある。

わたつみの　恐《かしこ》き路《みち》を　安けくも　無く悩《なや》み来て　今だにも　喪《も》無く行かむと
壱岐《ゆき》の海人《あま》の　上手《ほって》の卜部《うらべ》を　かた焼きて　行かむとするに　夢《いめ》の如《ごと》　道の空路《そらぢ》に　別れする君

巻第十五　三六九四

右の「壱岐《ゆき》の海人《あま》の　上手《ほって》の卜部《うらべ》を　かた焼きて」とは何を意味しているのであろうか。

「卜」とは、古くは鹿の肩の骨を焼いて現れた割れ目の形で吉凶を判断したという。後に亀の甲を用いたようだが、その移行時期は不明のようである。

また「かた焼きて」の「かた」も「肩の骨」なのか「形」なのか判らないという。

いずれにしろ、律令制の神祇官の卜部は二十人ほどいたようである。

其卜部ハ取二三国ノ卜術優長ノ者一（伊豆五人。壱岐五人。対馬十人）若シ取二在都之人一者、自レ非二卜術絶レ群、不レ得二輙ク充一　『臨時祭式』

卜部は朝廷に仕えて、天候や旅立ち、行事や物事の吉凶を占ったが、その大部分が対馬、壱岐、伊豆の出身者であった。

したがって、「壱岐《ゆき》の海人《あま》の　上手《ほって》の卜部《うらべ》を　かた焼きて」とは、この壱岐は優秀な卜術者を出すことで知られているが、その壱岐の卜部の名人の卜を頼りに、今度こそはと大いに期待をかけていた矢先であったのに…の意で、幸先の良い旅への期待が大きかっただけに、雪連宅満の死は、あまりに突然で遣新羅使一行を茫然自失させてしまったのであろう。

さて雪連宅満の墓があるという石田野を訪ねると、近くに万葉公園があった。

この公園は、十三、四世紀頃、黒木氏が築城した黒木城を整備して造った公園で、温州蜜柑畑を上って行くと頂上の大きな礎石の上に本州呼子に向かって歌碑が立っていた。

石田野《いはたの》に宿《やど》りする君家人のいづらとわれを問はば如何《いか》に言はむ

巻第十五　三六八九

急逝した宅満に対する挽歌九首のうちの一首である。

眼下には遣使一行が往復した海のルートや、船旅の疲れを癒すため入港した印通寺《いんどうじ》港、宅満墳墓のある丘などが見えた。

さてタバコ畑の間の細道を上っていった丘の上に小さな木群があり、その中の土盛りの上に、丸や四角、円筒形などの小さな石が積み上げられた五輪塔が立っていた。

墓の脇には蔓草の絡んだ名も知れぬ木が大きな黒い実をつけ、その下に槙やトベラが白い花をつけており、まるで小さな墓をかばうように緑が繁っていた。

里人は「けんとうしの墓」といって、今でも毎年盆祭りの時慰霊念仏を唱えるという。

墓の前方の傾斜地が「石田野」で、タバコ畑から下の水田へと広がり、墓の向かい側に「万葉の里石田野」の石碑が立っていた。

さて帰路、初夏の石田野を埋め尽くすかのようなタバコ畑の中に、薄紅のタバコの花が開き始めていて、遥かなる地から故郷を偲ぶ雪連宅満の心が、千数百年を経た今になお息づいているようで胸が熱くなった。

城山《しろやま》公園

（郷ノ浦。長崎県壱岐市郷ノ浦町郷ノ浦。遊覧バス↓城山公園。長崎県壱岐市勝本町坂本触七五七）

バスガイドの案内で島の北部にある勝本町の城山（豊臣秀吉が築城させた武末《たけすえ》城《じょう》

跡《せき》）に登ってみると、勝本港を初め玄界灘を一望できた。雨が降りそうな時や降りやんだ時は、「島よせ」といって対馬が一際近く良く見えるという。

町名は、船出の際風が起こるようにと「風本」であったが、三韓征伐で神功皇后が勝って帰ったので以降「勝本」となったらしい。

この城山で意外にも「春にわれ乞食やめても筑紫かな」の河合曾良の句碑に出会った。

「おくのほそ道」を芭蕉とともに歩んだ曾良は、晩年幕府の巡見使の随員として対馬へ向かう途上、勝本の宿で客死したとある。

掛木古墳

（城山公園。バス→掛木古墳。長崎県壱岐市勝本町布気触三二一三）

勝本港

さて勝本の朝市で大きな甘夏を一個買いこみ、再びバスで国道三八二号線沿いの掛木古墳を見に行った。

古墳は円墳で、入口には天井石を支える大石が二個並び、黒い口を開けていた。屈んで入ると中は巨大な石を積み上げ、隙間を小石で埋めた石室で、入口からの明りに目をこらしてみると、奥に大きな石棺が祀られていた。

この大石の組み立ての技術と見事さは、当時の石工技術がいかに巧妙であったか、また重機のない時代、防人や人々の苦労が偲ばれた。

壱岐の古墳の多くは、古墳時代の終わり頃（六世紀末～七世紀初め）造られ、長崎県内の四百二十三基中二百五十六基を占めるという。

古墳は有力者の墓であり、壱岐が対馬とともに日本と朝鮮の交通の要路として重視され、西街道《さいかいどう》十一ヵ国の一つ「イキノクニ」と呼ばれ、常に時代をリードし、古代国家の統一と完成に寄与していたことがうかがえた。

岳《だけ》ノ辻展望台

（郷ノ浦↓タクシー一五分。岳ノ辻展望台。長崎県壱岐市郷ノ浦町片原触↓印通寺《いんつうじ》港。長崎県壱岐市石田町印通寺浦一九六）

さて郷ノ浦町の岳ノ辻展望台へ向かった。田に水が張られ田植えが始まっている。黒牛が目立つが、肉牛でもとは朝鮮牛だという。

岳ノ辻は噴火でできあがった山で、壱岐の最高峰約（二一三メートル）であり、山頂には大石を丸く積み上げた巨大な烽火《のろし》（とぶひ）台が造られていた。往時を想定して造られており、内側直径二・八メートル、高さ一・一メートルという。

対馬に始まり壱岐だけでも点々と十四の烽火があげ継がれ、大宰府に知らされたという。

百済支援の天智天皇は唐と新羅の連合軍に大敗し、天智三年（六六四）にこうした烽火台を造り、枯草や薪《まき》を燃やして昼は煙、夜は火で知らせ、使船には一炬《きょ》（たいまつ）、賊船には二炬、二百艘以上には三炬をあげた。

展望台からは壱岐全島を一望でき、遥か南東に九州の呼子、唐津市など霞んで見えた。

壱岐交通ホテルに宿り周辺を散策したところ、海への河口付近に気味悪いほど群れて泳いでいる魚がいた。無数のボラが海水と淡水の混ざりこんだところで餌を求めているのだという。

壱岐は南北約十七キロ、東西は十五キロで道路が良く整備されていて一周約五時間といわれるが、所要時間三時間という観光バスに乗ってみた。

人々が集中しないようにとの施政方針で、人家は全島に散在し、ゆるやかな起伏の繰り返しのなか、早苗の植えられた田がのどかな陽を返しており、壱岐が長崎県下第二位の平野を擁しているというのが頷けた。溜池がそちこちにあり、そこから水が引かれていた。そのうえ麦焼酎発祥の地といわれるだけあって、まもなく麦秋を迎えようとしていた。

第十三部　長崎県対馬市厳原《いづはら》町・対馬市美津島町

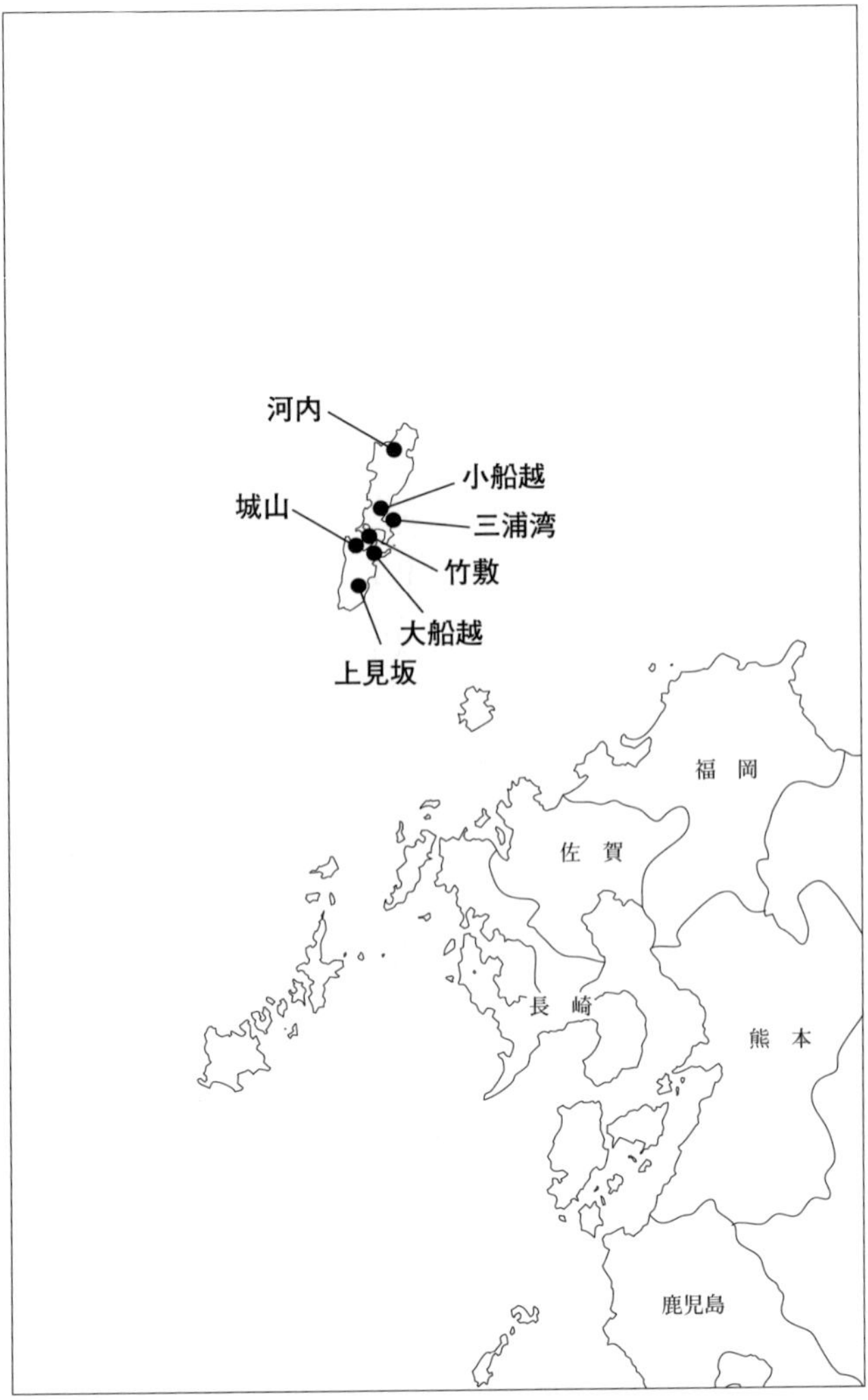

河内
小船越
城山
三浦湾
竹敷
大船越
上見坂
福　岡
佐　賀
長　崎
熊　本
鹿児島

帰りくるまで

上見坂展望台《かみざか》

〈芦辺港。長崎県壱岐市芦辺町箱崎中山触二五七五の二二。ジェットフォイルターミナル↓厳原港《いづはら》。長崎県対馬市厳原町東里↓徒歩八分、〇・四キロ。長崎県立対馬歴史民俗資料館〈二〇二〇年閉館〉。長崎県対馬市厳原町今屋敷六六八の一↓タクシー、上見坂公園。長崎県対馬市厳原町北里〉

対馬上県町の河内と西津屋の二つの集落の間にある約一九〇メートルの結石山《ゆいしやま》、その山頂から南鮮の島山を見ることができるため、一面相対する撃方山とともに、天智天皇三年（六六四）に防人が置かれ、のろしを上げたと思われる平坦な場所もあるとされているが、残念ながらバスの便が悪く結石山、撃方山を見ることを断念する。結石山については太宰師大伴旅人が、都の藤原房前（北家の祖）に日本琴《やまとこと》を贈り、それに書状と歌を添えた。

大伴淡等《たびと》謹みて状《まを》す　梧桐《ごとう》の日本琴《やまとこと》一面（対馬の結石山の孫枝なり）　此の琴夢に娘子《をとめ》に化《な》りて曰はく、余根《われ》を遥島の崇《たか》き巒《みね》に託《つ》け、韓《から》を九陽《くやう》の休《よ》き光に晞《ほ》す。…即ち歌ひて曰はく

如何《いか》にあらむ日の時にかも聲知らむ人の膝《ひざ》の上《へ》わが枕《まくら》かむ　巻第五　八一〇

対馬の役人が献上した結石山の桐の孫枝で作った琴であろう。

竹敷の浦廻《うらみ》の黄葉《もみち》われ行きて帰り来るまで散りこすなゆめ　巻第十五　三七〇二

この歌碑が、美しい浅茅湾を望むことのできるポイントの一つ厳原町の上見坂公園に立っていた。

上見坂展望台

歌碑は壱岐の方を向いて立ち、背後に竹敷の浦、そして浅茅湾がパノラマとなって広がっている。展望台に登ってみると、左手に金田城の城山、右手へ竹敷の浦、大船越、その後ろ奥に万関橋、小船越、住吉の紫瀬戸とリアス式海岸の、大小無数の島々が一望できる。

新羅へ渡り任務を果たして帰ってくるまで、この竹敷の美しい紅葉よ、散ってしまわないでくれ、さっと任務を果たしてくるからという、故郷へ早く帰りたいという性急な気持ちが伝わってくる。

竹敷《たかしき》

（上見坂公園→タクシー、金比羅神社。長崎県対馬市美津島町竹敷）

遣新羅使一行は三浦湾から船越しして浅茅湾に入り、五日も停泊した後、さらに浅茅湾内の竹敷の浦に移り停泊せざるをえなくなった。

「竹敷《たかしき》の浦に船泊《ほ》てし時に、各《こ》心緒《おもひ》を陳《の》べて作る歌十八首」中の一首が歌碑となって竹敷金比羅神社の石の鳥居脇に立っていた。

竹敷のうへかた山は紅《くれなゐ》の八入《やしほ》の色になりにけるかも　　巻第十五　三七〇三

「八入」は布を染料に浸す回数。うへかた山が紅花で何度も染めたような濃い色に次第次第に色付いてしまった意で、最後の目的地に向かってなかなか出港しえない苛立ちを詠い上げている。

この小高い神社の丘は、道路を造るため丘の側面を切り開いたのであろう。丘の、道路に面した部分がセメントで固められてしまい、道路に面して鳥居が立つが、その脇のセメントで固められた傾斜地に、歌碑が小さく立ち、いかにも味気なくしきりに喉が渇いた。

鳥居を潜り細い石段を上って行くと神社で、そこから眺めると、右手下方が竹敷の浦で、低い島山が幾重にも入り組んだ浦はこの上なく静かで、悪天候を避け一行の船がこの浦にまで入り込んで停泊していた事情がのみこめた。

この竹敷の浦沿いに集落が見え、背後に今は新緑に覆《おお》われた山があった。これが「うへかた山」だろうか。地元では紅葉山（一〇〇米《メートル》くらい）というらしい。

さて竹敷に宿をとり、早朝竹敷の浦を散策した。集落背後の紅葉山は枇杷、楠、椎が鬱蒼と繁り、白い花と大きな実が同時になっている夏蜜柑の木や野茨の花が印象的であった。

宿の人の話では、冬は櫨《はぜ》の木の紅葉が一番きれいだという。とすると、「うへかた山」はやはりこの紅葉山かも…と思ったりした。

昔ながらの瓦葺の、まるで浜風を頭ごなしにやりすごすかのように低い漁師の家が朝日を浴びているさまは、やはり本土とは違った異国情緒を感じさせ、深まる秋への一行の寂寥感を一層強くさせたのではなかろうか。

浦の一角に、旧日本海軍要港部正門跡という杭が立っていた。この対馬は対馬海峡から幾層もの入り江が複雑に入り込んでいて、外洋とはうって変わって、波静かな支湾を幾つも抱え込んでおり、古来、国境の島であり、中でも竹敷の浦は大陸と九州を結ぶ海上交通の要所であり、今も昔も船の停泊地として絶好の地であることを改めて認識させられた。

「うへかた山」については、この竹敷集落背後の紅葉山とする説と、竹敷の西方に見える城山（二七六メートル《メートル》）とする説があるようである。

ところで、対馬空港地内の道路沿いの小さな空き地に、一メートル《メートル》ほどの歌碑が立っていた。

竹敷の玉藻靡《なび》かし漕ぎ出《で》なむ君が御船《みふね》をいつとか待たむ

巻第十五　三七〇五

作者は対馬娘子《おとめ》名玉槻《たまつき》と歌碑にあった。

玉槻については、今でも美津島町に玉調（今は玉調《たまつけ》とよむ）という地名があり、玉調出身の遊行女《うかれめ》とも、また当時この地は真珠を「調」に出した土地柄で、玉槻も海人《あま》だったのではという説もある。

碑の後方に通称溺れ谷といわれる浅茅湾の一部が見える。左後方が竹敷の浦にあたろうか。

城山《しろやま》（金田城跡）

（竹敷の金比羅神社↓城山城跡。長崎県対馬市美津島町黒瀬）

城山は、下津島中央から浅茅湾に突き出た半島で、その頂上に金田城跡があるので城山の名が付いたという。

天智天皇の御代、唐と新羅の連合軍が朝鮮を統一すると、天皇は百済に援軍を出したが白村江《はくすきのえ》で大敗（天智天皇二年＝六六三）したため、ただちに対馬を防衛基地とした。

是歳《ことし》、對馬嶋《つしま》・壱岐嶋《いきのしま》・筑紫国等《つくしのくにら》に、防《さきもり》と烽《すすみ》とを置く。又筑紫に、大堤《おほつつみ》を築《つ》きて水を貯《たくは》へしむ。名《なづ》けて水城《みづき》と曰《い》ふ。

『日本書紀』巻第二十七　天智天皇三年

さらに天智天皇六年（六六七）、亡命した百済の将軍の指導で、朝鮮式山城である金田城が築かれた。

その一方、天皇は唐、新羅との国交回復につとめ、遣唐使などの派遣を再開した。今回の天平八年（七三六）の遣新羅使一行にとっても、金田城のおかれた城山は決して縁のない地ではなかった。

「竹敷のうへかた山」については先にも述べたが、この城山とする説がある。

そこで、タクシーで城山（二七六メートル）の登り口まで行き、そこから歩いて城山の頂上を目指す予定が、登り口が見つからず、やっと辿り着いた頃にはかなりの時間オーバーになってしまっていた。

時間の制約の中で行ける所まで登ることにした。急な登山道口を登り若葉噴き出す杉木立の小暗き山道を登って行った。

山のなだり側は驚くほどほぼ隈なく石垣が築かれ、山の斜面を広く城域に取り入れていた。

千数百年余の昔、遠く東国から防人として送られてきた兵士たちが、山を切り開き道を造り、急傾斜地に延長二キロ以上に及ぶ石垣を組んでいったであろう苦しさが足元から湧き上がってくるようであった。

頂上までは行き着けなかったが、ナンバンギセルの群生やスズメバチの猛烈な羽音、雉の高い鳴き声に驚かされつつも、山間からは浅茅湾を望むことができた。

浅茅山《あさじやま》

（城山→国民宿舎「対馬」。長崎県対馬市）

国民宿舎「対馬」の正面玄関右手の植え込みの中、白い花が終わったヒトツバタゴ（中国、朝鮮に多いという）の木の根元に、一つの歌碑が立っていた。

百船《ももふね》の泊つる対馬《つしま》の浅茅山時雨《しぐれ》の雨にもみたひにけり

巻第十五　三六九七

遣新羅使たちが対馬東浦岸の三浦湾から浅茅湾の方へ船越えをした際、順風を得られず五日も停泊した際風景を望み見て「各、働《いた》む心を陳《の》べて作る歌三首」の一首である。

鳶が鳴きながら二、三羽悠々と気流に乗って飛んでいる宿舎裏手に回ってみると、前は紺碧の玄界灘であった。

確かに左手に浅茅山を望むことができ、その紅葉が色づいていくさまは見えるのであろうが、時雨ごとに山が色づいていくという浅茅山の紅葉の、時の経過に伴う微妙な変化をとらえた歌碑の場所としては、浅茅山の麓の方が妥当であろうか。

しかしそうなると「百船の泊つる対馬の」の情景が浮かび上がりにくくなる。

この国民宿舎裏から玄界灘越しに、左手にこの浅茅山、右へ大船越、万関橋、その奥後方に小船越、そのさらに奥向こうが紫瀬戸となるという。

対馬の気温は二十七度くらいから零下一度くらいまでのようだが、大陸からの北西の季節風が強く西側はしけるので、風の少ない東（玄界灘）側に避難港を一つ造る予定があるという。

そうしないと冬場、台湾・中国・韓国の船があちこちの港に避難し、海上保安庁はその監視におおわらわになってしまうということだが、現在ではどうであろうか。

対馬島《つしま》の浅茅《あさぢ》の浦に到りて船泊《ふねは》てし時に、順風を得ず、経停《とど》まること五箇日《いつか》なり。ここに物華《ぶつくわ》を瞻望《せんぼう》し、各〻慟《いた》む心を陳《の》べて作る歌三首

百船《ももふね》の泊つる対馬《つしま》の浅茅山時雨《しぐれ》の雨にもみたひにけり

巻第十五　三六九七

天離《あまざか》る鄙《ひな》にも月は照れれども妹《いも》そ遠くは別れ来にける　巻第十五　三六九八

秋されば置く露霜に堪《あ》へずして都の山は色づきぬらむ　巻第十五　三六九九

同じ港に何日も停泊せざるを得ない状態となり、秋には都に帰るという約束が次第に絶望的となり、都をたってから今ではもう信じられないほど妻から遠く離れてきてしまったという感慨と、自分たちの船が停泊している対馬の、浅茅山の紅葉が時雨ごとに次第に濃くなっていくことへの焦燥感、今はもう都へ帰っているはずの秋なのだから、浅茅山の紅葉ならずとも、都の山はすでに紅葉してしまっているだろうなという諦《あきら》めの境地がうかがえる。

大山岳、別名浅茅山（一八七メートル《メートル》）の登山道入り口に右の三首が示され、案内板には前二首が、また台石の上には三首目の歌碑が、「秋さらば置く露霜に…」と仮定形で立っていた。

歌碑の「秋さらば」は、やはり確定条件の「秋されば（さあれば）」のほうが妥当と思われるが、どうであろうか。

折から鶯がしきりに鳴いた。

ところで、この浅茅山の東方、美津島町鴨居瀬紫瀬戸の住吉橋のたもとに、歌碑が一つ立っていた。

紫の粉潟《こがた》の海に潜《かづ》く鳥珠潜《たまかづ》き出でばわが玉にせむ　巻第十六　三八七〇

「粉潟の海」については、「…越《こし》の海の子潟《こがた》の海…巻第十二　三一六六」と同所とする説もあるようだが、対馬の美津島町鴨居瀬紫瀬戸の住吉橋のたもとにこの歌碑が立っていた。

橋のたもとに立つと、入り江が小刻みに深く入り込んで、島の根元に音もなく打ち寄せる波の色はコバルト色に透き通っていた。夕映えの頃、海底の海藻が夕陽に映えて紫色に見えるので「紫瀬戸」というのだという。

身の丈より少し低い歌碑の傍らに立つと、椎の木の花の香がむせるようであった。橋のたもとからだらだらと下っていくと、海に面して住吉神社が祀られ、境内には沢山のひじきが干されていた。

対馬の嶺《ね》

（国民宿舎対馬→万関《まんぜき》展望台。長崎県対馬市美津島町久須保）

対馬《つしま》の嶺《ね》は下雲《したぐも》あらなふ上《かむ》の嶺《ね》にたなびく雲を見つつ偲《しの》はも

巻第十四　三五一六

巻第十四に収められている東歌の中の一首で、防人として対馬に派遣された人の歌である。

晴れた日や雨降りの日以外は、対馬では西南の風が吹きまくるので、山の上の方にばかり雲がかかるという、対馬に派遣された人の経験が詠み込まれた歌。

「対馬《つしま》の嶺《ね》」は対馬第一の高山である有明山（五五八米《メートル》）とする説が多い。「あらなふ」の「なふ」は否定の助動詞。「あらず」に同じ。対馬の山は下の方に雲がない。山の上の方にたなびく雲を見つつ貴女を偲ぼうの意。

一方、「上の嶺」を、北九州の福岡県と佐賀県の県境の、背振山塊の雷山（九五五米《メートル》）とする説がある。

対馬の有明山から、よく晴れた日には望み見ることのできる本土の山にたなびく雲を見つつ、貴女を偲ぼうの意。

平地の多い壱岐に比べれば確かに対馬は山が多いが、それでも高くて五〇〇米《メートル》クラス。一つの嶺の上方、下方の解釈は少し無理であろうか。

この歌碑が立っているという万関展望台へ向かった。

この展望台は溺れ谷浅茅湾の美しさを眺めることのできる幾つかのポイントの一つだ。まだ人手で汚されていない静かで青く美しい海が、五月の新緑の島々の足元へ、島をぬうように浸み込むように流れこんでいる溺れ谷の見事さに思わず声を上げた。

あちこちに真珠の養殖筏《いかだ》が見え、対馬で一番高い有明山連峰は今日は快晴だが、少し霞んで見える。

東方に玄界灘、島影は見えないが壱岐、北西は遣唐使や遣新羅使らが目指した大陸、そして北東に台形のかたちに一八七《メートル》の浅茅山がはっきり見え、この山の足元のあたりに玉調《つけ》の家群が見えた。

さてこの展望台の足元に、本州に向いて丈の低い先の歌碑が立っていた。

快晴の日、有明山に登ってみると、本土の福岡県と佐賀県の県境の背振山塊の雷山を見ることができるという。

懐かしい本土の山にかかる雲を見て恋しい人を偲ぶという切なる想いは、またそれが可能な晴天の日を待ち望むことでもあった。

大船越《おおふなこし》と小船越《こふなこし》

（国民宿舎対馬→大船越。長崎県対馬市美津島町大船越→小船越。長崎県対馬町美津島町小船越→万関橋。長崎県対馬市美津島町久須保）

遣唐使や遣新羅使が本土から対馬東海岸に来て、三浦湾から西側の浅茅湾の方へ越えるのが大船越、小船越であった。

車でまず大船越へ向かった。大船越は幅三〇《メートル》、長さ一〇〇《メートル》ほどの地峡部で、向かい側の低い島山の新緑が美しかった。

海水は青く透明で、流れはゆるやかであった。三浦湾から浅茅湾へ向けて、大きな船はこの大船越を越えたのであろう。

いずれの船越も乗組員らが船を引いて越えたのか、別の船に乗り換えたのかは、はっきりしないようであった。

岸辺には沢山の小舟が停められているが、今は地元の人々の船で、秋から冬にかけては他県からのイカ釣り船も入ってくるという。

さて次に小船越を目指した。

三浦湾から浅茅湾へ通じる小船越湾に出てみた。湾から大船越同様一〇〇《メートル》ほどの地峡部があったのではないかと思われるが、今では小船越の中央部は埋め立てられ、道路になってしまっていた。

この道路を通って小船越の浅茅湾側を見にいった。幅三《メートル》ほどの山峡の坂道の手前に「史跡西漕手」の指標が立っていた。

脇の「史跡船越」の案内板によれば、この西漕手は、わずかな丘を隔てて浅茅湾東奥部の西漕手浦（西越出ともいう）と、東の小船越浦を接する地峡部で、昔、船を引いてこの丘を越えた。丘を越えられない大船は積み荷をおろし、荷を積みかえ船を乗り替えて行き来したところで、大船も船を引き丘を越えた大船越に対する小船越で、古代から中世にわたり日本と大陸を結ぶ交通の要衝であったとしている。

山峡の坂道を上ると、あっという間に急な下りとなり、目の前に水の引いた入り江が飛び込んできた。多年の浸食で幾層もの層をなした両側の島の足元に、音もなく海水が流れ込んでいた。

遣新羅使や遣唐使たちは、東側の入り江からコロを使って船を西側へ運び込み、入り江の浅い海底に船を運び込んで、細い道沿いに皆で綱を引き、船が自力で動き出せる所まで引いていったのであろう。

幅二〇《メートル》ほどの地峡部を、場ちがいなほど華やかな都の遣唐使船や遣新羅使船を、これまたこの地にふさわしくない容姿、いでたちの都人たちも一緒になって、おそらく大声を上げて音頭を取りながら、皆で船を引いていったであろう情景が髣髴としてくる。

細い道沿いには、つわぶき、丸葉シャリンバイ、また薊《あざみ》の赤紫の花が目についた。ここから万関橋へ向かう途中、対馬空港地内の歌碑の歌を詠んだ玉槻の出身地といわれる玉調《つけ》の集落の傍を通った。

十五軒ほどの集落で、今ではほとんど農家とのこと。道路の向かい側、こんもりした木群の中に玉調神社の鳥居が見えた。玉調の集落を囲む丘の足元に桐が淡い花をつけている。

万関橋のたもと、桜木の下に次の小さな歌碑が立っていた。「竹敷」で停泊した際の十八首中の一首である。

潮干なばまたもわれ来《こ》むいざ行かむ　沖つ潮騒《しほさゐ》高く立ち来《き》ぬ

巻第十五　三七一〇

もう目と鼻の先の最後の目的地に向かい、最後の力をふり絞って、さあ船出しようと気持ちを奮い立たせている作者の心が痛々しい。

万関橋の案内板は、日本語、韓国語、英語の三国語で書かれていて、対馬から壱岐、朝鮮半島までいずれも六〇キロという文字通りの国境の島であることをつくづく感じさせられた。

あとがき

全国に散在する万葉の人々の素朴な心に触れたいと、『万葉集』の歌のゆかりの地を訪ね歩く旅を一九八六年から夫と歩き始めたが、二〇〇〇年から二〇一五年まで松尾芭蕉の『おくのほそ道』を歩き通すこととなった。

『万葉集を歩く』旅も『おくのほそ道を歩く』旅もいずれも十四、五年かかって歩いてきたことになる。

『おくのほそ道』は一人の人間のある目的をもっての旅であったから、『おくのほそ道を歩く』旅は彼の生き態を追っていく旅で、これはこれで捨てきれぬ魅力であった。一方『万葉集』の歌を巡る旅は、貴賤も老若男女も問わぬ作者たちの素朴な心根に感動する旅であった。

たとえて言えば、聖武天皇は天然痘や政変に苦しんだが、以来千三百年もたった現代も、コロナ禍やインフレ、ロシアとウクライナの戦いなど変わらぬ苦悩の中にある。

そのうえ私たちは、地球規模での大きな破壊をしてきてしまった結果、地球温暖化というとんでもない渦中にある。文明、文化が進んだ故のありがたさはあるが、人間の傲慢さゆえの崩壊が今目先に突き付けられている。

現代人に比べれば、はるかに人間らしく素朴に生きたであろう万葉集の時代の人々の心に耳を傾けてみることは、日本人の心の原点に触れてみることであり、現代《いま》の私たちにとって心を癒す一つのてだてとなるのではなかろうか。

さて旅をするにあたり、各地の県市町村役場、教育委員会、資料館、観光協会の方々に疑問点を尋ねご教示いただくとともに、行く先々で多くの方々のお世話になり、この国の長い歴史の積み重ねのなかで培われてきた現代（今）を改めて再認識させられるとともに、深く感動する旅となった。

またパソコン不具合の際は相変わらず娘　奥山久丹子の指導を受けた。

出版にあたっては、歴史春秋社の植村圭子さん、村岡あすかさん、制作スタッフに大変お世話になった。

多くの皆様に心よりお礼を申し上げます。

二〇二四年四月

田口恵子

参考文献

『県別シリーズ13　郷土資料事典　千葉県・観光と旅』人文社
『ニューエスト3　千葉県都市地図』エアリアマップ　昭文社
『平成大合併　日本新地図』発行者　八巻孝夫　株式会社小学館
『角川日本史辞典』編者　高柳光寿・竹内理三　株式会社角川書店
『県別シリーズ6　郷土資料事典　宮城県・観光と旅』人文社
『県史4　宮城県の歴史』山川出版社
『県別マップル4　宮城県広域・詳細道路地図』昭文社
『万葉の歌－人と風土－⑭中部・関東北部・東北』渡部和雄　株式会社　保育社
『県別シリーズ9　郷土資料事典　栃木県・観光と旅』人文社
『県史7　福島県の歴史』山川出版社
『新全国歴史散歩シリーズ7　新版福島県の歴史散歩』
編者　福島県高等学校社会科研究会　山川出版社

『県別マップル7　福島県広域・詳細道路地図』　昭文社
『ニューエスト57　福島県都市地図』　エアリアマップ　昭文社
『郷土史事典　福島県』編者　誉田弘・鈴木啓　昌平社出版
『福島県の歴史散歩』福島県高等学校社会科研究会　山川出版社
『県史4　宮城県の歴史』　山川出版社
『日本史探訪《たんぼう》4　大仏開眼と平安遷都』　角川文庫5354　角川書店
『資料日本史』　東京法令出版
『ニューエスト21　栃木県都市地図』　エアリアマップ　昭文社
『県別シリーズ9　郷土資料事典　栃木県・観光と旅』　人文社
『ニューエスト10　茨城県都市地図』　エアリアマップ　昭文社
『県別シリーズ10　郷土資料事典　茨城県・観光と旅』　人文社
『各駅停車　全国歴史散歩14　千葉県』　千葉日報社編　河出書房新社
『万葉のふるさと－文芸と歴史風土－』稲垣富夫　右文《ゆうぶん》書院
『県別シリーズ44　郷土資料事典　大分県・観光と旅』　人文社

『万葉の歌－人と風土－⑪　九州』林田正男　株式会社　保育社
『日本書紀上』日本古典文学大系67　岩波書店
『土佐日記・かげろふ日記・和泉式部日記・更級日記』日本古典文学大系20　岩波書店
『日本書紀下』日本古典文学大系68　岩波書店
『万葉の歌－人と風土－⑫　東海』加藤静雄　株式会社　保育社
『新訂徒然草』校注者　西尾実・安良岡康作　岩波文庫黄112-1　岩波書店
『New ton アトラス　日本列島』株式会社教育社
『万葉の歌－人と風土－⑬　関東南部』桜井満　株式会社　保育社
『ニューエスト64　神奈川県都市地図』エアリアマップ　昭文社

著者略歴

田口　恵子（たぐち　よしこ）

1942年　東京都品川区生まれ

1960年　都立田園調布高等学校卒業

1964年　実践女子大学国文学科卒業

1964年　英理女子学院高等学校（旧高木女子学園）教諭

1968年　実践女子大学大学院文学研究科国文学修士修了

1978～2017年　きびたき短歌会会員

1981年～　歌と観照社入会

1982～1998年　生活協同組合コープふくしま理事

1982～2009年　木立短歌会会員

1997～2000年　福島県農業農村活性化懇和会委員

2014～2016年　歌と観照社選者

著書　歴春ふくしま文庫89『おくのほそ道を歩く』歴史春秋社

『おくのほそ道を歩く　宮城・岩手』歴史春秋社

『おくのほそ道を歩く　山形・秋田』歴史春秋社

『おくのほそ道を歩く　新潟・富山』歴史春秋社

『おくのほそ道を歩く　石川・福井』歴史春秋社

『おくのほそ道を歩く　滋賀・岐阜』歴史春秋社

写真撮影

田口　守造（たぐち　もりぞう）

1930年　福島県伊達市梁川町生まれ

1948年　福島県立保原中学校卒業（５年制）

1953年　福島大学経済学部卒業

1985年　㈱東邦銀行退職

万葉集を歩く

2024年5月27日第1刷発行

著　者　田口　恵子
発行者　阿部　隆一
発行所　歴史春秋出版株式会社
〒965-0842
福島県会津若松市門田町中野
TEL　0242-26-6567
http://www.rekishun.jp
e-mail　rekishun@knpgateway.co.jp
印刷所　北日本印刷株式会社